違和感にもほどがある！

松尾貴史

毎日新聞出版

違和感にもほどがある！

はじめに

何かを行おうとする時に、それが慣れた作業ではない場合、私は3点の確認をしている。その三要素とは、「マテリアル」「タイミング」そして「バランス」で、略して「MTB」と呼んでいる。いや、呼ぶ必要も略す必要もないのだけれど、それらしく聞こえるので気に入っている。マウンテンバイクの略ではない。この3点のチェックさえ怠らなければ、さまざまな仕事や計画は大きく失敗することが少なくなると考えている。

「マテリアル」は素材、題材、食材、人材、画材など、全ての「材料」を指している。造形作品ならば紙や木や金属や粘土や接着剤や絵の具などだろうし、料理ならば肉や魚、野菜、調味料。映画や舞台なら演目、脚本、美術セット、照明、音楽、俳優、それぞれの専門スタッフなどだ。

「タイミング」は、映画作品なら制作する年月、撮るスピード、撮影の季節、役者の台詞の間、編集される場面の変わり目や全体のテンポ、字幕の名前が出る順番、情報公開やロードショーの時期など、全てがタイミングだ。料理ならば旬の季節や、焼いたり蒸したり煮たり炊いたり冷やしたりする時間、食卓に皿を提供する間合いなどもタイミングだろう。

そして最後が「バランス」である。映画なら善悪の対比、虚実の割合、悪者の極悪具合など。絵画作品ならば色合い、画面構成、見る人の快と不快まで含めて、コンセプトに沿った塩梅にならなければいけない。料理ならば酸っぱさ、苦さ、甘さ、塩加減、火加減、硬さ、柔らかさ、香りの強さ、栄養のバランス、彩り、食材の配分などだろう。

この三要素全てに必要な、共通のスキルは何かといえば、「想像力」に尽きるのではないだろうか。「政治に必要なのは、言葉と想像力と、ほんの少しのお金」と言ったのは政治評論家で毎日新聞社特別顧問だった岩見隆夫（いわみたかお）さんだが、この言葉のルーツは、チャップリンの名作「ライムライト」の中の台詞、「人生を恐れてはいけない。勇気と想像力と、ほんの少しのお金さえあれば生きていける」ではないかと思う。何という簡潔な表現だろう。そして大いに元気づけてくれる言葉ではないか。

昨今の巷（ちまた）を見るにつけ、この言葉がどれほど必要なものかを思い知らされることが多い。多すぎると思う。コンビニエンスストアで百円程度のごまかしをしてしまった老人は逮捕されるが、数千万円のキックバックを受け取ったり裏金として私腹を肥やしていた国会議員はお咎（とが）めもなく、自民党総裁候補の推薦人に何食わぬ顔で偉そうに名前を連ねている。この違和感は「ちょっと」どころではない。旧統一教会との関係も説明できない輩（やから）が、日本の骨組み、根幹である日本国憲法をいじろうとする強烈な違和感は何だろう。違和感にも「ほど」があるのだ。

東京都知事選挙の時にはまるで何事もないような雰囲気だったテレビが、一般の人には直接関係のない（いや、間接的に迷惑は被るのだが）自民党総裁選一色の衆議院選の事前運動のようなお祭り騒ぎをしていた。野党の代表選についても触れるけれども、あからさまな「申し訳程度」だった。それとても「ちょっと」ではない違和感なのである。「バランスを欠く」といった程度のことではない。違和感にもほどがある、のだ。

毎日新聞に2012年から連載している「ちょっと違和感」の欄を編んだシリーズも5冊目となった。日々の違和感が増大する日本を眺めながら、「違和感にもほどがある！」という書名にしようと思った。宮藤官九郎（くどうかんくろう）さん脚本の大ヒットドラマ「不適切にもほどがある！」とは、全く関係がない。あるタイトルが朧（おぼろ）げながら浮かんできたのだからしかたがない。いや、何かにあやかろうという浅ましい心が私にも、ほどほどあったということだろう。

とかく日本人は、喉元過ぎれば熱さ忘れると言われるが、この本がその憤慨の記憶を呼び起こすことに1ミリでもお役に立てれば幸甚だ。

松尾貴史

2024年9月　鎌倉のアトリエにて

違和感にもほどがある！　目次

第1章

永田町流パフォーマンス

第2章 ニッポンの怪談

第3章

金はいずこへ

第4章

恥を知る

第5章

言葉と体と日常と

装丁 木庭貴信＋岩元萌（オクターヴ）
装画 しまだたかひろ

第1章
永田町流パフォーマンス

演説会場ヤジ禁止　応援団しか参加できないのか

テレビでは連日、衆議院補欠選挙の応援演説会場で岸田文雄首相に向かって爆発物が投げ込まれた事件を延々と報じている。大きな被害が出なかったのは不幸中の幸いだが、これほどまでに時間を割いて大きく報じ続ける必要があるのだろうか。

２０２２年7月に安倍晋三元首相が殺害された事件の記憶も新しいせいか、注目度が高いのは分かるけれども、容疑者の氏素性を克明に伝え、警備する側の手の内をさらし続ける必要は全く感じない。視聴率が取れる間は、テレビは今回の事件を取り上げるのをやめないだろうけれども、まるでどこかから「どんどんやってくれ」と推奨でもされているのかと勘繰りたくなるような有り様ではないか。

現在伝えられている情報によれば、思想犯ではなく、30歳以上の被選挙権や供託金の用意を定める公職選挙法の要件を満たさず、参院選に立候補できなかった私憤と、事件の動機との関連を警察は捜査している。これをしつこく報じ続けるということの意義は何なのだろう。もし、容疑者が岸田首相や自民党に敵対するような考え方の持ち主だったとすれば、その愚かしさはさらにあきれるものとなる。「岸田首相や自民党は、テロに屈せず選挙運動を続けている。応

援しよう」という気になる人がある程度の割合はいるだろう。もし容疑者が、岸田首相にシンパシーを感じている側にいるのだとすればまた話は別だが、そこまで滑稽（こっけい）な話でもなさそうだ。

各演説会場では、当然のように警戒態勢が強化され、「リュック・カバンなどの大きな荷物はなるべく車の中に置いてきてください」「手荷物検査にご協力ください」などと、主催者側が書いた掲示板などが設置されている。しかし、それらと並んで「プラカードなどの掲示は禁止」「ヤジなど参加者の迷惑になる行為の禁止」とも書かれている。ヤジやプラカードでの意思表示をテロと同質のもののように掲げることには違和感がある。これは応援団しか演説会に参加できないということにつながらないだろうか。

不支持の人のリアクションが怖いのならば、公共の場所でやらずにホテルでも「教会」施設でも借りて、支持者や「信者」だけ集めればいいのではないのか。「迷惑行為の禁止」などと、わざわざ書くことでもない。そして、ヤジは「迷惑行為」なのか。不特定多数に政治的な考えを分かってもらおうという時に、反対の考えを持つ人がいてもおかしくないし、周りの聴衆に演説内容の誤りや虚偽に気付いてもらうためにも、内容によっては許されるべきではないか。事件のどさくさに紛れて、こんな都合のいい文言を足しちゃった、というのが正直なところではないか。岸田首相の「聞く力」が聞いてあきれる。そして、言論や表現の自由が奪われるということは、逆にテロを生んでしまうことにもつながる。

「テロは民主主義の破壊」を口実にして、意思表示や表現の自由といった、本来の民主主義を侵害しようとしている。少なくとも、国会での議員たちによるヤジのほうがよほど悪質で国民にとって迷惑なのだが、そちらは放置されたままだ。

２０１９年の参院選で、演説中の安倍首相（当時）に男女２人がヤジを飛ばしたことで北海道警に排除された問題は、この２人が「表現の自由を侵害された」として道を相手取って訴えを起こし、札幌地裁は道に計88万円の損害賠償の支払いを命じた（※注）。デモをテロ行為になぞらえた愚かしい政治家もいたけれど、権力者にとって「もの言う有権者」は邪魔者以外の何ものでもないらしい。逆に、権力を持たぬ人たちや、野党の演説に対する迷惑行為、ヤジなどが警察に排除されたという話は、寡聞にして知らない。

そもそも、プラカードを持っていれば手は「使用中」なので、逆に騒ぎは起こしにくいだろう。どうしても禁止したいのなら「棒のついたプラカードの持ち込み禁止」にすればいい。

2023年4月18日執筆

（※注）その後２０２４年８月の最高裁では道側と原告男性側の上告のいずれも退ける決定が出た。男性は敗訴。女性へは、表現の自由の侵害として道に55万円の支払いを命じた２審判決が確定した。

旧統一教会問題　もう「忘れてくれた」と思ってる？

　岸田文雄氏という政治家は、何がしたくて首相になったのだろうか。この国では平均賃金が30年以上もほぼ横ばいのままで、国民や企業が所得から税金や社会保険料をどれだけ払っているかを示す「国民負担率」は５割になろうとしている。物価も上がって生活苦に陥っている人も増え続けている。食料自給率（カロリーベース）は４割を切って、出生率もどんどん下がり続け、子どもの７人に１人は貧困にあえぐ中、アメリカの兵器を言い値で爆買いするという目先の利かなさ、優先順位のとんちんかんは、一体どういう不都合から生まれる現象なのだろうか。

　そういえば、旧統一教会（世界平和統一家庭連合）の問題はどうなったのか。昨年（２０２２年）からあれだけ大騒ぎをして、政治と犯罪的組織との批判もある団体の根深い癒着について光が当てられたというのに、今ではまるで「なかったこと」のように振る舞う自民党や日本維新の会に所属する政治家たちを見て、強い違和感を覚えずにはいられない。

　旧統一教会は、長年にわたり霊感商法による詐欺的行為や恐喝、献金の強要のような行為で、信者から財産を巻き上げ、その家族を分断させ、多くの信者や家族を不幸のどん底にたたき落としてきた。そんな団体による選挙運動での動員やさまざまな協力、支援を受けて、旧統一教会の関連団体が発行するメディアや、主催する催しに賛辞を贈り、彼らに「お墨付き」を与えてきたことについて、岸田首相らは「調査をする」「丁寧に説明をさせる」などという口先のポーズだけは見せてきたが、何もしていないに等しい。そして大手マスコミも同じように「なかったこと」のように口を閉ざし、追及しようという気概はほとんど見られなくなった。

オウム真理教が起こしたテロ事件などの捜査によって、組織を解体したことを受けて、警察関係者は「次は統一教会に着手する」と言っていたのに、ある時からまるで動かなくなってしまった。ジャーナリストの有田芳生（ありたよしふ）氏は関係者の「政治の力によって止められた」という証言を明らかにしていたが、今もその「政治の力」が緩やかながらマスコミへのどう喝として働いているのだろうか。まるで「早く風化させたい」「ほとぼりを冷ましたい」という強いバイアスがかけられているとしか思えないような状況ではないか。

「報道特集」（ＴＢＳ系）は、独自の取材を続けて旧統一教会の問題を報じ続けてくれている数少ない番組だ。番組も１９９２年に当時の統一教会に批判的な報道をして約３万件というおびただしい「抗議」電話を受けたそうだが、今その攻撃の矛先が、国会のヒアリングに協力している2世信者たちに向けられているという。

岸田首相に至っては、宗教法人としての解散命令の要求はおろか、もう既に国民が忘れてくれたと解釈して広島サミットでイメージアップを図って「解散して総選挙、国民の信任を得て憲法をいじろう」とでも思っているかのようだ。「家庭」に対するいびつな価値観を共有させられている団体の意向をくんで、国の骨組みを改変してしまおうなどというのは言語道断だ。だが、テレビ局を押さえれば、この国の有権者の多数はちょろいものだという成功体験があるのか、今更、襟を正そうなどという気はさらさらないのだろう。自民党の「改憲案」や所属議員の発言などを見れば、旧統一教会の教義と価値観を同じくする要素が多い、というよりも「そのもの」とも言えるように思える。萩生田光一氏、山際大志郎氏、木原誠二氏らが、旧統一教会とのズブズブの関係が明らかになりながらも「どこ吹く風」の風情で発言をしている姿を見ると、喉元過ぎれば熱さを忘れる国民性が、悪い意味で発揮されているのが分かる。自民党内では「旧統一教会問題は沈静化したという空気」だという。

昨年（２０２２年）11月の共同通信のアンケート調査で旧統一教会との関係を認めた都道府県議のうち、先日行われた統一地方選に２６５人が立候補し、そのうち9割の２４０人が当選している現状を見れば、自民党も旧統一教会側も安心し切っているのだろう。その前に、それを座視している有権者の感覚にも戦慄するのだが。

２０２３年5月16日執筆

ただ漏れの危機管理　忘年会騒動、世界にどう映る？

2022年12月30日に首相公邸内でにぎにぎしく忘年会が開かれていたのはもう広く世間の知るところとなった。岸田文雄首相の親族が18人もそろって、公邸の中の組閣写真でおなじみの階段に並んだり、寝そべったり、悪ふざけをして大はしゃぎだったようだ。長男で首相秘書官（当時）の翔太郎氏らがやったこととして、父親の岸田首相は「厳重に注意したから」という風情でやり過ごそうとしていた。

当初は「報道で知った」などと釈明していたが、騒ぎは収まらなかった。岸田首相も、妻の裕子氏と共にその宴会にいたのである。それも、スエットに裸足といういでたちで。仕事の合間に寄って顔を出してあいさつだけをしたという風情では、全くない。「顔を出してあいさつはした」などと、またごまかしていたけれども、宴会を一緒に楽しんでいた状況が、さまざまな写真や証言によって次々と明らかになっている。

昨年12月末といえば、コロナ禍の「第8波」の期間だったが、その状況で大勢の人が集まって大宴会とは、なかなかのお手本を示してくれたものだ。「組閣騒ぎ」は「報道で知った」と釈明したが、宴会については「公邸の中の私的なスペースなので問題ない」と言い訳し始めた。公邸に私的スペースがあるのか。あるとすれば私邸だろう。東京・原宿あたりに大変な不動産資産を有しているらしいが、親族を集める宴会を開くならば、なぜ「私的」な家、私邸でやらないのか。

かつての「秘書がやったこと」というまるで慣用句のようになってしまった文化のように「秘書官である息子がやったこと」で済まそうとしているが、全体の写真の印象や状況からして、本当に息子が主導してやった騒ぎなのかどうか、非常に疑わしい。岸田首相が主導して声を掛けたからこそ親族が集まったのではないかとすら感じてしまう。もちろん、首相になったら親族を集めて自慢の一つもしたくなるという人情は分かるが、筋として許容範囲を超えてしまっているのは明らかだ。

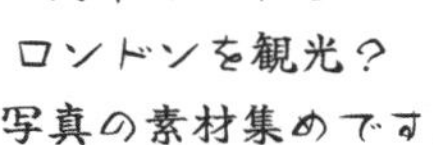

なぜ首相が公邸に住むのか、というそもそもの話だろう。危機管理の拠点として官邸があり、首相が官邸の近くにいる意味が安全保障の観点からも重要だから官邸に隣接している公邸がある。年間約1億6000万円の管理費、維持費を公金で賄っているとされる、公的な場所だ。責務を果たすためにそこに住む者にプライバシーはあっても「私的スペース」などという便利な表現で首相に貸し与えている

設備ではないだろう。首相の子ども、親族や知り合いならば、首相公邸で「私的」な宴会に参加できるというのは、どう考えてもセキュリティー上の問題がある。

安倍晋三政権から常態化してしまったかのような権力者の公私混同には辟易（へきえき）するが、問題はこれだけではない。参加した人たちの中から、これらの写真が週刊誌などのメディアに流出してしまっているという客観的事実だ。この危機管理が「だだ漏れ」の様子は、世界中からどう見られているのだろうか。武器を爆買いするよりも、この程度の情報管理をしっかりするほうがよほど「安全保障」上役立つのではないかとも思う。

「問題ない」と言いつつ、岸田首相は息子を首相秘書官から更迭した。「退職金や各種手当は辞退、あるいは返納する意思を確認した」と言っていたのに、なぜか辞職する日を支給基準日である6月1日にして、約250万円のボーナス（期末手当、勤勉手当）を受け取ることにしてしまったのではないか。法の規定では「支給された手当は返還できない」とされている。ここでもまた「やっているふり」なのか。

2023年6月6日執筆

首相の不敵な笑み　立場の重さを分かっていないのか

岸田文雄内閣の支持率は、２０２３年6月17、18の両日に実施した毎日新聞の全国世論調査では1カ月で12ポイントも下落して33％となった。政権が発足した頃は「聞く耳を持つ」と、「これまでの首相と私は違うよ」とでもいうようなニュアンスで語っていた。その後「分配なくして成長なし」と言っていたのが、「成長なくして分配なし」と受け取れるような、まるで正反対のことを言い出した。「所得倍増」についても岸田内閣の閣僚（当時）が「所得が2倍になるわけではない」などと、ドジョウのようにはぐらかしたことも記憶に新しい。

旧統一教会（世界平和統一家庭連合）と自民党との癒着に関しての調査もうやむや、安倍晋三氏を「国葬」としたことへの国民の納得のいかなさ。さらに、国民や企業が所得から税金や社会保険料をどれだけ払っているかを示す「国民負担率」が50％に近づいている。江戸時代ならば一揆が起きてもおかしくない負担割合なのに、日本国民の飼い慣らされぶりは目を見張る。

防衛増税についても、詳細な説明や丁寧な議論がないまま「骨太の方針」と称して進めようとし、国民の抵抗が大きそうだとなると増税開始時期を「２０２５年以降に先送りする」と言い出した。「我が国を取り巻く安全保障環境の変化」を口実にしているのに、衆院選で争点になっては不利になってしまうので「先送りする」と判断したのだろう。

　国民生活を救うためには予算を使わず、なぜか外国にはばらまいて「世界に認められている日本」を演出するばかりだ。広島で開催された主要7カ国首脳会議（G7サミット）では、海外の要人たちに十分な視察をさせなかったと思う。広島で開催する意義があったのかどうか首をかしげざるを得ない。

　強引なマイナンバーカードの推進と、来年（2024年）秋の健康保険証の廃止にいたっては、どういうつもりでやっているのか奇怪千万だ。せっかく「うまくいっている」国民皆保険の制度を破壊して、どんな得があるというのか。もちろん、私たちの知らないところで巨額の金が動くのだろうから、岸田首相や自民党、その周辺の政権に近しい人たちには大きな「得」があるのだろうと思うが、国民にとっては嫌がらせ以外の何ものでもない。納税者の多くが反対している天下の愚策を、2兆円（！）もかけて強行しようとしているのは、どう考えてもこの国を破壊しようとしているようにしか見えない。2兆円もの予算があれば、大学学費の無償化もできたのではないか。少子化対策の財源うんぬんを口実に増税しようとするが、奨学金と、その利息で貧困にあえいでいるのに結婚や出産ができるかという若者が多い中、大学の学費無

聞く（耳を持たぬ）力。

償化は出生率の向上が見込める分かりやすい施策だ。それにもかかわらず、とにかく国民から税金を吸い取り、巻き上げる発想しか持たない無能な政権と言わざるを得ない。

入管法の改悪、外遊で息子が公用車で観光した疑惑、当事者団体から逆効果になると批判されている「LGBT理解増進法」、コロナ禍で首相公邸で行った家族親族パーティーと、もう北朝鮮のことを笑えない状態になってきた。

テレビの情報番組は、俳優の浮気については詳細に伝えているのに、週刊誌が報じた、岸田首相の「最側近」という木原誠二内閣官房副長官の不倫問題はまるで無視をしている。それどころか、生放送の討論番組に何事もなかったかのように出演させている。

そして、いわゆる解散風である。6月13日の記者会見で、衆院解散・総選挙の時期について問われた岸田首相は「いつが適切なのか諸般の情勢を総合して判断していく」と、首相が解散する時にそれをもとに判断しないで、どうするのだという無意味な回答をした後、不敵な笑みを見せたのだ。そのせいで「ある放送局」では、政見放送の日取りの調整までもが行われ始めた。私が政見放送の制作担当者でもそうするだろう、スタジオの調整やら、スタッフのシフトやらで混乱するのは必至だ。後から「今国会での解散は考えておりません」と火消しに回ったが、ならば思わせぶりをせずに最初からそう言いなさい。自分の立場の重さが分かっていないのか、想像力というものがないのか。

2023年6月20日執筆

「マイナンバー」トラブル　当事者に検証はできまい

問題の噴出が止まらないマイナンバー関連のすっとこどっこいを、本当に解決する気があるのかどうか。岸田文雄政権は「マイナンバー情報総点検本部」なるものを設置した。総務省、デジタル庁、厚生労働省などが、省庁を横断して「検証」していくのだそうだ。岸田首相は「コロナ対応並みの臨戦態勢で」「政府、地方自治体、関係機関一丸となって全力を尽くしてほしい」などと言っている。自分たちが国民の反対を押し切ってゴリ押しして起こしたことを、新型コロナウイルスのまん延と同列に語る面の皮の厚さには驚かされるが、それよりもこの「検証組織」の司令塔が河野太郎デジタル相だという。そもそも彼のもとで、すっとこどっこいなことが頻出しているのに、客観的で冷静になることがどう見ても不可能な当事者が、一体どのような「指令」を出して「検証」するというのだろうか。

そんな河野氏は、２０２３年6月25日に行った講演で、一連の問題を批判する野党について「マイナンバー制度は民主党政権がつくった制度」で「おまえが始めたんだろ、と言い返したくもなる」と奇妙な言い訳を放った。旧民主党政権がマイナンバーを導入した時は、社会保障制度や災害時の対策などに限定されていたのに、自民党政権は「強制ではない」と言いながら「紙の保険証を廃止してマイナンバーに一本化する」「公金受取口座をひも付けする」と、強引な手法でまるでだますようなことをやらかした。管理運営もずさんなところに発注して莫大（ばくだい）な予算を費やし、トラブルを多発させる原因を作ったのは、明らかに自民党政権であり、河野氏である。

安倍晋三氏（故人）が10年近くもの長期政権にありながら日本の状況を改善させることなく、ただしつこく「悪夢のような民主党政権」となじり続けていたけれど、旧民主党が政権をとっていた約3年間は、短いと言えど自民党議員にとってはさぞかし悪夢だったのだろう。その発想は河野氏が「実直に」受け継いでいるのだろうか。民主党が下野してからの約11年間で、十分に状況を改善させることができたはずなのに、いまだに「必要」なことをせず、防衛費の倍増やら、保険証の廃止やら、弱い者いじめのインボイス制度の導入やら、迷惑なことばかりやってくれる。

「マイナンバー」関連のトラブルは、明らかに自民党の責任である。「失われた30年」と呼ばれる日本の状況も、長期にわたって政権を担ってきた自民党が手も足も出ないほど、民主党政権の3年間が手ごわかったとでもいうのだろうか。その期間で一番の悪夢といえば東日本大震災と東京

電力福島第1原発の水素爆発だ。原発事故とて「全電源喪失はあり得ない」などとして追加の対策不要と切って捨てたのは、他ならぬ自民党政権である。

「マイナンバーは民主党が始めた」という文句があるならば、さっさと廃止すればいいだけだ。利権にまみれているであろう、さまざまな「余計なこと」をまとわりつかせておいて、どの口が言うのか。マイナンバーは考え方の問題はあろうが、それ自体というよりは無理やりな連携の問題だ。その事業を公共のためという前提をおろそかにして、業界団体や官僚組織を使って中抜きで莫大な資金が流れるような仕組みを作ったのであろう。そして、当事者は安倍自民党だったと私は考える。「行政手続における特定の個人を識別するための番号の利用等に関する法律」、いわゆる番号法が成立したのは２０１３年5月であり、第2次安倍政権下でのことだ。

河野氏は「責任は大臣である私にある」と言っておきながら、国民の抵抗が大きくなったら「民主党のせい」とは、狡猾（こうかつ）というよりはあまりにも幼稚で、開いた口が塞（ふさ）がらない。こんな人物が次期首相候補の筆頭だというのは誰が言い出したのだろう。世論調査の結果だとすれば、健全に彼の批判をしてこなかったマスコミ各社の責任も大きいのではないか。

２０２３年6月27日執筆

緊急事態条項　「戦争への逆算」に増す不安

　このところ、渡辺白泉の銃後俳句を思い出すことが多くなった。

「戦争が廊下の奥に立つてゐた」

　１９３９年に詠まれた銃後俳句で、季語はない。この2年後に、日本は第二次世界大戦に突入していった。「気がつけば後戻りできないところに来ている」という句で、それほど決定的な信号とは言えないものがちらほらと目につくなあ、と感じているうちに、「廊下の奥」、つまり気が安らぐはずの生活の内部にまで、戦争の恐怖が入り込んでいたという寒気のする17音である。普段殊更に注視するわけではない場所にある怪異を想像して、この句を思い出す度、つい自分の顔がこわばるのが分かる。

　昨年（２０２２年）末、テレビ朝日系のトーク番組で、司会の黒柳徹子さんから「来年はどんな年になるでしょう」と聞かれたゲストのタモリさんが「新しい戦前になるんじゃないでしょうか」と答えて、ひと頃話題になった。日本が78年間も戦争をせずにこられたのは、明らかに平和憲法の9条を掲げていたからこそだが、最近はほころびが、どうにも意図的に作られようとしていると感じている。

　好戦的な政治家諸氏が、頻繁に口実にする「日本を取り巻く安全保障環境の変化」という文字列を、素直に受け取ることはできない。わざと国民の不安をあおり、防衛費を「倍増」して血気盛んな日本を対外的にさらしても、いいことは（防衛関連の周辺にいる企業がもうかるということ以外に）何一つないはずだ。防衛の名の下に武器をどんどん拡充しようとする政府の背後で、どんな力が働いているのだろうか。

　ウクライナとロシアの戦争が続いているが、両国が話し合う環境づくりを手助けするどころか、ウクライナのゼレンスキー大統領だけを広島サミット（主要7カ国首脳会議）に招くという愚劣にはあきれた。寄らば大樹ということなのだろうけれども、日本が「どちら側」だということを殊更に印象付けることが本当に長い目で見た国益なのかどうか怪しいものだ。

　自民党と公明党は、これまで規制してきた殺傷能力のある武器の輸出まで検討を始めた。「警戒・監視」や「掃海」が目的であると解釈できるものは、殺傷能力のある武器であっても輸出可能だと解釈を変更するのだそうだ。結論は秋以降だというが、「平和の党」を看板に掲げている公明党も、変われば変わるものである。どこかの国の人たちが日本製の武器で殺されるという現象が起きる可能性が出るのは、呼ばなくてもいい日本に対する憎悪を呼び、作らな

甲殻類アレルギーの方は食べないでください。

くてもいい日本の敵を作っていくことになろう。

ここへきて、憲法に緊急事態条項が創設されるのではないかという恐怖が増している。緊急事態条項は、政権に全権委任を与える「魔法の杖（つえ）」のようなもので、ナチスを想起させる。戦争に向かうために行われる人権の侵害や、国民の資産凍結など、政権がやりたいことを無制限に無期限にできることになるのではないかと恐れるばかりだ。トラブルを量産しているマイナンバーカードの保険証ひも付け強制も、私には、そのための布石であるとしか思えない。

来たるべき食糧危機を見越して、コオロギを積極的に食材として活用することを推奨する人たちが現れた。戦中戦後の食糧難であるならば応急的に全くない話ではないだろうけれども、これには納得がいかない。食の安全を守る活動をしている元農林水産相の山田正彦（やまだまさひこ）さんは「多国籍企業の金もうけのため」と分析している。甲殻類アレルギーの人が口にすれば危険が大きいとも指摘されるものを、なぜ学校給食で生徒に食べさせるようなことをするのか理解に苦しむ。まさか戦争に向けての逆算が始まり、こんなところにもそのシグナルが点灯しているのか、とまた不安が増大し、神経が反応する昨今なのだ。

2023年7月11日執筆

首相の「全国行脚」 聞いたふりのパフォーマンス

岸田文雄首相は、政策を巡って国民と意見交換をするという名目で、いわゆる「全国行脚」を開始したのだという。「積極的にさまざまな声や現場の声を聞かせていただこうと。全国視察、この夏、特に力を入れる」のだそうだ。首相に就任した時、「聞く力」を自慢していたが、それ以来、彼が国民の声をいかに軽視、いや無視してきたか。

全国行脚の内容はどんなものだろうか。手始めに、災害被災地の現状把握かと思いきや、栃木県足利市で障害者の就労支援をしているワイナリーに行って、施設の利用者らと障害者支援のあり方について意見交換をしたという。どんな内容の意見を交換したのだろうか。そもそも、彼が「意見」など持っているのかすら疑わしく思ってしまう。今後も「少子化対策」「認知症対策」「デジタル政策」などに関係する現場を視察する予定だという。何でも「勉強の夏」なのだそうだ。

政治家として現場の状況を理解して、何が必要かを考えることはいいことだ。しかし、この夏の全国行脚がただのイメージアップ、報道機関によっては気温より低くなってしまった内閣

支持率を回復するための、お得意の「やっているふり」だとすると、あまりにもむなしい。主要7カ国首脳会議（広島サミット）で回復したかに見えた内閣支持率は今後、上昇に転じることは難しいのではないか。

各政策の体たらくはもちろん、九州北部の豪雨災害の被災地に目を向けるどころかリトアニアへ行き、秋田豪雨災害を尻目にサウジアラビア外遊で「エネルギー市場の安定の重要さを確認」した。また、マイナンバーカードを事実上強制するために紙の健康保険証を廃止する方針、さらにはそれにまつわるおびただしい数のトラブル——。失策愚策によって低下している内閣支持率を回復させるために、何かやらなければという気持ちが岸田首相にないはずはない。

例えば、少子化問題では、現場視察の際、子どもたちと映像に映り込むことで対策に取り組んでいる印象を与えるのだろうか。「異次元」の少子化対策をするはずなのに、旧態依然とした手法で仕事をしているふりを見せられても、脱力感を覚えるのみだ。何を差し置いても、増税してまでも予算を大幅に増やそうとしている防衛分野への取り組みとして、自衛隊の基地や施設などの視察から始めればいいと思うのだが、そういう「絵」は欲しくないのだろう。

「さまざまな現場の声」をどうやって聞くのか。首相が現場にずんずん入って行って生の声を聞くということは、迷惑になることもあるだろう。会合のような行事が設定されれば、参加する人は厳選されるのだろう。政権に厳しい注文をするような人は、まずはじかれるのではないか。不支持率のほうが大幅に高い現状で、ただでさえ大変な現場を視察すれば、なおさら政権に文句のある人は多いと思うが、そういう人たちと首相が同席する状況は作らないだろう。

参加者の発言も、事前に精査され、岸田首相が答えに窮する耳の痛い声も出ないのではないか。まさしく聞いたふりの時間が費やされ、記念写真を撮る。その和やかな様子がマスコミ各社によって拡散される。絵面は違っても、近くて遠い国の独裁者が人民たちと触れ合う映像でイメージ操作をすることと五十歩百歩ではないか。

そして、やっているふりに費やされる経費は、岸田首相のポケットマネーではない。警護や大勢の関係者の移動にかかる費用もある。これらは、来たるべき衆院解散（しない可能性もあるが）に向けてのフライングの選挙運動を、公金から出費するものだと私は批判する。もともと官邸にいても、国民の声を「聞く力」が一切発揮されていないのに、地方に行けばその力が出せるはずがないではないか。それこそ、デジタル分野で積極的に遠隔地の国民の声を聞いていれば、これほどの悪政を続けるはずがない。

こんなに分かりやすい茶番パフォーマンスにだまされる国民が、果たしてどれほどいるのか見ものだ、とは思う。

2023年7月25日執筆

首相のスーパー視察　やっているふりに痛々しさ

岸田文雄首相が２０２３年10月14日に徳島市内で参院徳島・高知選挙区補欠選挙の応援演説をしていた時に「増税メガネ」とヤジを飛ばした人が、会場から追い出されたという。何という小心で狭量な対応だろう。「王様に向かって増税メガネとはけしからん」と関係者が憤慨したのだろうか。

ある野党の党首などは、ヤジを飛ばす聴衆にマイクまで渡して反論の機会を与えるのがおなじみになっているが、よほど「岸田の王様」は増税メガネというあだ名がお気に召さないのだろう。安倍晋三氏が首相だった頃、北海道で演説していた彼に「増税反対」「安倍辞めろ」と叫んだ人物が、北海道警に強制的に排除されたことを思い出す。

今回は手荷物検査をした上、聴衆との距離が数十メートル保たれていたのに、この過剰な対応はいかがなものだろう。個人的には、国民よりも、厳粛であるべき国会でヤジを飛ばした議員を排除していただきたいものだ。

３年ほど前にフジテレビと産経新聞社が行った合同世論調査で、委託先の調査会社の社員が、調査対象者へ実際に電話をかけていないにもかかわらず、14回にもわたって架空の回答を入力していたことを認めて謝罪したことがあった。恐らくまっとうになされているであろう他社の調査でも首をかしげたくなるような結果が多いのに、実際にこういう不正が明らかになると、そもそも懐疑的だった思いがより強いものになっていく。それでなくとも「自民党に近い」と言われている2社の世論調査ということもあり、さまざまな疑念が湧いてしまう。

不正を行った社員は「電話オペレーターを確保するのが難しかった。利益を上げるために行った」などと言い訳をしていたらしいが、それで利益が増えたのだろうか。「短時間で終えて他の仕事も受注したり処理したりできるように」という意味なのか。それとも「どこかの支持率を上げれば何らかの報酬が上がる」という意味なのだろうか。不正なデータを除外した結果と、不正を行った上での結果を突き合わせて検証してみる必要があるのではないか。

インターネット上で「Dappi」というアカウント名を使って野党や、その所属議員に対するデマ、誹謗(ひぼう)中傷を行い、野党議員2人の名誉を傷付けたとして、投稿者が働くウェブ関連会社側に損害賠償を命じる判決が出たばかりだ。同社と自民党の関係性が取り沙汰されている。世論の操作や捏造(ねつぞう)が常態化していると感じるのは私だけだろうか。これは汚名返上のためにも、

それこそ与党が率先してこういった問題を検証し、報告すべきものだ。

岸田首相が10月16日、東京都江東区のスーパーマーケットを視察し「確かに価格が上がっている」と言ったそうだ。私はひっくり返るほど笑ってしまった。いやいや今ごろ気がついたのか。それとも「うわさには聞いていたがこれほどとは」と思い知らされたのか。生鮮食品を除く消費者物価指数が前年同月を上回るのは24カ月連続で、前年同月比で３％台の高い伸びが続いているのに、だ。

庶民が物価高と賃金低迷にあえいでいるということを知らなかったはずはないだろうが「現場に出張って私がこの目で見なければ信用ならない」とでも思っていたのか。こんなところでもやっているふりを演じ続ける姿に、もう痛々しさすら感じるほどだ。

岸田首相は「今月中にまとめる経済対策の中で、みなさんの思いを反映できるような対策を盛り込む努力をしたい」とも語ったという。現場を視察して「よし！　私が乗り出して改善させよう」という流れが欲しいのか。下落傾向の内閣支持率を、こんなパフォーマンスで持ち直させようと思っているわけではなかろうが、本当にやる気があるなら、不公平で逆進性の強い消費税の税率を下げるくらいのことをすべきだろう。

２０２３年10月17日執筆

日本が潰れる前に　次の機会に投票に行こう

原稿を書いたのは２０２３年12月26日だが、実際に新聞紙上に掲載されるのは、年末年始の休みが入って24年1月7日である。ここで新年のごあいさつをするのも少し違和感を覚えるが、明けましておめでとうございます。

本当に「めでたいと言って良かった」という年にすべく気張るのは当然だけれども、現時点では何とも中途半端な気分でいる。検察庁の仕事納めがいつかは知らねど、捜査中の自民党派閥の政治資金パーティーを巡る裏金疑惑に何やら形が出てくるのだろうか。よもや年明け早々に岸田文雄内閣が国会を召集して国会議員を逮捕させないようにする、などという姑息（こそく）なことはしないだろうけれども、永田町あたりはどんな正月を迎えたのだろうか。

常々、掃除をするにはもう一つの空っぽの部屋に家具や生活の機能を移して一斉に奇麗さっぱり整理整頓してしまうのがいいと申し上げている。一時的に使い勝手や能率が落ちても、別の集団が政権を担って、政治の大掃除をするのが長い目で見てこの国にとって得策だと思うのだが、まるでカルト宗教のように自公政権以外に担い手がいないと思い込んでいる人が多い。

嫌でも野党に
投票するしかない。

全有権者の４分の１しか支持がなくとも、半分の人が選挙権の行使をせずにいると、それだけでも政権が維持できてしまう選挙制度だ。だから一気に政権交代ということにはならないだろうけれども、日ごろから一つ覚えのように「野党もだらしない」と投票に行かない言い訳をする人たちが１割動くだけで、小選挙区ならば大きな力を野党に与えることができる。これほど国民の間に不満と義憤が募っているのに、すこぶる簡単な「近所の投票所に行って候補者の名前を書く」だけの簡単な作業を怠る人の団塊によって、政権党の失政・不正と野党のだらしなさをキープするということになる。

各種世論調査でも、いまだに２割程度の岸田内閣支持率や、２割ほどの自民党支持率があるという不可思議現象が続いている。リクルート事件で自民党の支持率が落ち込んだ時でも３割台だったが、今はそれよりも大幅に減らした。岸田首相が破れかぶれになって衆議院を解散してしまえば、少しは日本が活気付き、彼はある意味で「ヒーロー」になれるかもしれない。

私の周辺には現政権の支持者は皆無に近いのだが、それだけ身の回りに利権にあずかっている知人がいないということだろうから、ある意味で誇れることなのかもしれない。

最近、久方ぶりに映像で田中眞紀子（たなかまきこ）さんの元気な姿を見た。自民党の裏金問題について「自民党は全部の派閥でしょうね。党自体がそういう体質なんですよ、ずっと。それが下までいっている」「うちの父のことを金権だって言っていた人たちが裏金派閥っていうことじゃないですか」と舌鋒（ぜっぽう）鋭く快刀乱麻を断つごとき論評をしていた。他のインタビューでは「嫌でも野党に投票するしかない。駄目で数年も持たなくても政権交代させて有権者が政党を作るんです。そういう努力を有権者が示して政党を鍛えるんですよ」などと正論を放っておられた。79歳とは思えない、よどみない立て板に水の口調で、鋭く有権者にも苦言を呈していた。もちろん、ここで彼女が言っている野党とは「第2自民党」を名乗る、野党のふりをしているだけの、ギャンブル場を造ることに躍起の集団でないことは確かだろう。

50年ほど前、かつて自民党総裁だったお父さんの田中角栄元首相は、選挙演説で「自由民主党が潰れても、やむを得ん。日本が潰れなければいいんだ。そう思うんですよ皆さん！　政党の看板の掛け替えはききますが、国家民族の看板の掛け替えはきかないのであります」と痛快に語っていた。

本当に日本が潰れる前に、次の機会には投票に行きませんか。

2023年12月26日執筆

首相の年頭の動向　無力感にさいなまれた

岸田文雄首相は２０２４年1月4日の年頭記者会見で、能登半島地震の被災地に立地する原子力発電所に関する質問にまともに答える気配すら見せず、記者の声を無視して記者会見場を立ち去った。震災への対応に向かったのかと思いきや、ＢＳフジの生放送に出演した。そこでは、自民党総裁選なども話題になったという、ちょっとしたサイコサスペンスのような光景があった。がれきに埋もれ、救助を待ち、寒さとひもじさにあえいでいる人たちがいる中で。

5日には経済団体や連合、時事通信社の新年会を「はしご」したのだという。もともと冷酷な人格ではないかという印象を持ってはいたが、ここまでくると戦慄を覚えてしまう。

石川県の馳浩（はせひろし）知事による「緊急事態宣言」も、出されたのは地震が発生してから5日もたってのことである。なぜこれほど時間がかかったのか。生死を分ける目安とも言われる被災からの「72時間」どころの話ではない。「内外に大ごとだと思われぬよう」という意図があったとしか私には思えない。救援活動への指示や取り組みも、被害を過小評価したいという意図を感じてしまう。岸田首相が4日の記者会見で、諸外国からの支援を「現時点で一律に受け入れていない」と説明したことも、被災地の状況や受け入れ態勢の事情があったにせよ、被害を矮小化させたい意図を感じ取った。

馳知事は元日に東京にいて、地震発生後に首相官邸に入り、自衛隊のヘリコプターに便乗させてもらって石川県庁に入ったのはその日の午後11時過ぎだという。彼がいつになれば被災地を訪れるのかと思っていたら、何と14日にようやくである。馳せない知事ではないか。これまで被災地に行かなかった理由を問われた記者会見では「1月1日から24時間、知事室に滞在しております」などと語った。元日の深夜に滑り込みで県庁に到着したのに、そう語れるのはなかなかの神経だが、岸田首相も同じ日まで被災地に入ることはなかった。

ダメージを受けトラブルが起き、避難経路であるべき道路も破壊されているのに、震度7の揺れを観測した志賀原発のある志賀町には岸田首相は近寄りもせず「地元の理解を得ながら再稼働を進める方針は全く変わらない」と言い切る。

能登半島の珠洲市や輪島市では、支援物資や救助隊が来ず、孤立状態が続いているところもあるという。国内の有志がボランティアとして向かおうとするも「迷惑ボランティアのせいで大渋滞が起きる」というデマがばらまかれる。

岸田首相は、現地で救助活動をするわけでもないのに、コスプレよろしく防災作業着に身を包む。それで胸に赤い造花をつけて年頭のあいさつをしていたのは、滑稽ですらあった。

彼が視察に赴いた珠洲市の中学校の校舎３階に避難している60代の女性は「（岸田首相は）わずかな時間、１階をのぞいただけでヘリコプターで帰っていった。どんな思いで来たのかも分からない」「（自民党派閥の）裏金問題もある中でのパフォーマンスではないか」と語っていた。現地での取材も、代表だけに限られるもので、政府にとって都合の悪い質問が飛ばない形で行われたようにしか見えなかった。

そんな中、能登半島でドローンなど無人航空機の飛行は禁止令が出されている。ドローンによる捜索や物資の輸送は行われているが、規制なくドローンが飛んでいると救助活動などの妨げになることに加え、政府にとって都合の悪いものが撮影され、流出するのを恐れてのことではなかろうか。

何とも無力感にさいなまれる新年だった。

２０２４年１月16日執筆

文科相の重責　「過去はともかく」では済むまい

自民党と旧統一教会（世界平和統一家庭連合）の間にある闇の深さはとどまるところを知らない。文部科学相には、なぜこうも旧統一教会との癒着や、つながりがある人物が任命されるのだろうか。去就が取り沙汰されている盛山正仁（もりやままさひと）文科相については、毎日新聞による全国世論調査で、何と78％の人が文科相を交代させるべきだと考えていることが分かった。国民のほとんどがやめてほしいと思っている大臣なのだが「聞く力」のかけらもない岸田文雄首相は「職責を全うし、責任を果たしてもらいたい」などと寝ぼけたことを繰り返すばかりだ。

聞かない力どころか、人の意見うんぬんの前に、こんな間違いに気づかないという鈍感力がすさまじい。盛山文科相に対して不信任決議案が国会に提出されるも、自民党と公明党、そして日本維新の会などの反対で否決された。維新が反対したのは、旧統一教会の関連団体などと何らかの関係がある国会議員がいるからだと推測する。

しかし、宗教法人の解散命令請求を申し立てた文科省のトップが、問題になっている宗教団体と密接につながっているという異常さを、与党の議員は屁（へ）とも思っていないのだろうか。

盛山文科相は、旧統一教会の関連団体との事実上の「政策協定」に当たる「推薦確認書」に署名したかどうかについて国会で追及されると「記憶にない」を10回以上も連発するなどして逃げている。しかし、証拠（自身の署名入り）の「推薦確認書」の写真を見せられると「うすうす思い出してきた」などと答弁をしたり、あるいは「内容をよく読まずサインしたかも」などととぼけたり。その翌日には「記憶にない」との答弁に戻ったりと、頭の中が混濁しているようだ。こんなに記憶力がなく、書類の内容をよく見ずにサインをしてしまうような人物が、大臣でいていいわけがない。

岸田首相による「過去の関係はともかく、現時点では当該団体と一切関係がない」などというかばい方は、あまりにも稚拙かつ乱暴だろう。暴力団との密接なつながりがあっても「もう付き合わないから」と言って公的な重責を担う人がいたら、問題なしとはならないだろう。ましてや、現在大問題の焦点になっている宗教団体が相手なのである。政治家は「過去の関係はともかく」で済まされる仕事ではない。

そして今度は、旧統一教会と盛山文科相がまだつながっていることが早々と明らかになってしまった。教団系の機関誌「世界思想」が毎月、神戸市にある盛山氏の地元事務所に「無料で」届けられていることが分かった。旧統一教会の関連団体から衆院選で推薦状を受け取っていたとされる問題を巡り「旧統一教会との関係は既に断ち切っている」と否定していたのは真っ赤な大うそではないか。機関誌の受け取りは「記憶にない」では言い逃れられない。

しかしそれでも、与党と維新は盛山文科相の不信任決議案を否決した。

盛山文科相だけではなく、旧統一教会と関係があった議員は皆「覚えていない」と繰り返す。関係を隠さなければならないような団体の応援がないと当選できないような人たちが、政策協定を結んで「推薦確認書」を交わし、その団体の意向に沿ったような政策が決められる。さらには、団体と関係があった議員たちが、あろうことか憲法を変えてしまうという大変なことに取り掛かろうとしている恐怖を、一人でも多くの国民が知るべきだ。

旧統一教会の信者と一緒に拳を突き上げて、気勢を上げる盛山氏の写真が出てきたが、これも「記憶にない」らしい。ニュース番組「報道特集」(TBS系)では、旧統一教会の関連団体の現役幹部が「記憶にない」と連発する盛山文科相に反論していた。「一番の厚い支持者層はどこだと考えているんだと。後ろから支えて、表には出ないで、歯を食いしばってやってきたのは、どこか分かるのか。応援するんじゃなかった。非常に残念」などと恨み言を言っていた。

子どもたちの教育について最も責任ある立場に、こんな人物を就かせ続ける岸田首相も無能と言わざるを得ない。

2024年2月20日執筆

規正法改正自民案　「裏金続けます宣言」だ

いわゆる「政治とカネ」の問題などで欠員が出た衆院議員の補欠選挙で、東京15区、島根１区、長崎３区のすべてで立憲民主党公認の候補が勝利する結果となった。序盤から終盤までの情勢調査では知りたくもない情報が錯綜（さくそう）していたが、おおむね各調査の予想通りだった。よく「政治とカネ」と言うが、実は「自民党とカネ」の問題である。この表現では政治そのものに関心が持たれなくなってしまうのではないかという懸念もあるが、投票率を見れば実際そうなっていると見るべきなのかもしれない。

今回の結果について岸田文雄首相は、全くの予想通り「真摯（しんし）に重く受け止めている」「国民の信頼回復に努めていきたい」などと言った。これまでも、ずっと「真摯に」「重く」「受け止めて」ばかりの岸田氏だが、具体的にどうこう、というのはないようだ。具体策を持ち合わせていないのは、「課題に一つ一つ取り組んで結果を出し、責任を果たしていかなければならない」と言っていることからも分かる。これまでも彼によるその手の言いぐさを飽きるほど聞いてきたが、こんな言い方をするのは「何もしない」時だ。

組織で失態や不祥事が明らかになった時には、その集団のトップが「そこまでしなくとも」と言いたくなるような対処や責任の取り方を示すことにより、事態を早く収束できる場合があるが、岸田氏の発想にはそういう回路がみじんもない。党内の「処分」も騒ぎに騒いだ揚げ句、奇妙な基準で線を引いて、最も悪質に見える人物への処分が大甘で、重ねて一番大きな責任を持つべき自分自身は不問にしてしまった。「火の玉となって先頭に立つ」と大見えを切って自らハードルを上げておきながら、どこまで下手なのだと指摘したくもなる。

さらには、現在取り沙汰されている政治資金規正法の改正についても、自民案は他のどの党が出している案よりも明らかに穴だらけ。「これからも裏金の活動は続けます」と宣言するかのような、連座制もどきでやっているふり。いわゆる「文通費」の扱いもほとんど触ろうとしない。企業・団体献金も廃止・禁止するところまでやらないと信頼回復のスタートにも立てないことが全く分かっていない。マイナ保険証も消費税の扱いも大阪・関西万博も、金をくれる一部の企業のためにしか動かないことが、多くの国民が察知するところまできているのに、ここまで信用が壊滅した上でまだ悪あがきをしようとする姿が醜いばかりだ。

政治資金の透明化は、やり過ぎだと感じるほど徹底しないと信頼回復なんてありえないのに、

刑事告発された
やじる裏金議員

「公」から出て「公」のために使う金の流れや使途や関与した人物を、わざと分かりにくくして作ろうとしているようにしか見えない。「収支報告書の内容に間違いがないことを示す確認書の作成を議員本人に義務付ける方向」とは何のためにやるのか。シンプルに「収支報告書に問題があればそのまま議員本人に罰則を科し、責任を取らせる」でかまわない。なぜクッションを置いて複雑にしようとするのか。不正や不記載などが発覚した場合ではなく、発覚しやすい状態にしようという発想が全くない。「不記載があった場合の金額を国庫に返納する」という仕組みを作ろうとしているが、これとて発覚しなければ意味がないことになってしまう。

議員に配られていたいわゆる「餅代」と「氷代」も、1月には「廃止」と言っていたのが、まさかの増額とは。どこまで国民をなめ切っているのだろうか。今回の衆院補選も、やったふりをしようとしている自民党の改正案では何の解決にもならないことが国民に見透かされているからこその結果なのではないか。こんなお茶の濁し方で解散・総選挙を迎えるような事態になれば、自民党はそれこそ想像以上の壊滅的な結果に終わるのは目に見えている。望むところではあるけれども。

2024年4月30日執筆

「女性がうまずして」 日本外交の顔の発言とは

静岡県知事選で応援演説をした上川陽子外相が、自民党推薦候補の当選に向け、「この方を私たち女性がうまずして何が女性でしょうか」と発言したことが問題になっている。本人は「真意と違う形で受け止められる可能性がある」と撤回したけれども、「真意と違う」とは何だろうか。

「文脈を考えずに部分的に切り取られた発言で印象操作だ」と反発する自民党の支持者も少なからずいる。しかし、数々の差別発言や差別表現をしてきた自民党の杉田水脈衆院議員についても同様のことが言えるが、問題発言をした政治家をむりやり擁護しようとして、「切り取りだ」とする言い草には限界があるだろう。「この候補者を知事として誕生させたい」という文脈なのは小学生にでも分かるが、その上で問題だと指摘しているのだ。報道も発言の趣旨を紹介した上で問題視しているのだから、切り取りだから誤解だという言い逃れはできない。

「女性」を主語にして「うまずして何が女性でしょうか」と言っているのだから、女性の存在意義を「出産」に特化した表現であって、そもそもこういう精神であるからこそ出てくる言い

うまずして、
何が女性ですか！

方でしかない。応援した候補を知事として誕生させるという意味ならば、「女性が」とつけるのはおかしい。女性が多く集まる場であったとしても、そして切り取りであったとしても、真意を誤解するという要素はない。趣旨は確認した上で、こういう感覚を心底持っているという事実がバレてしまったということに他ならない。

こういう表現が問題だと理解できない政治家とその支援者たちの感覚ではセーフなのだろうが、さすがにこの表現はアウトとしか言いようがない。「今は使ってはいけない表現だ」と上書きされない頭で政治家を続けているとこうなってしまうのだろう。

しかし、ここで「産みたいのに産めない人の気持ちを考えるべきだ」と主張するのも少し感覚がずれていると思う。それは思いやりの問題であって、勝手に上川氏を嫌えばいいだけだ。ここは単純に、客観的に見て差別表現であること自体を問題にすべきだと思う。

２００７年、柳沢伯夫厚生労働相（当時）が「女性は産む機械」と自民党県議の集会で発言して問題になった。その時は「15から50歳までの女性の数は決まっている。産む機械、装置の数は決まっているから、機械と言うのは何だけど、あとは一人頭で頑張ってもらうしかない」という内容で、エクスキューズを挟んではいたものの、仰天の発言だった。

限定的だが、上川氏の発言に性差別の要素はないという非常に好意的な解釈をする人もいるが、それには無理がある。もし「この知事を私たち男性がうまずして何が男性でしょうか」と言われたら、私は大いに違和感を覚える。「出産を指したのではない、うむというのはそれだけではない」と主張する人も多いけれども、「女性」を主語にして「うまずして」という言葉の選び方は、女性としての役割を十分に意識したものである。女性だけが「産む」という生物学的事実と、「うまずして何が女性か」という評価のあり方は別問題だが、女性であることと「うまずして」とを短文の中で直結させること自体に抵抗を覚える思考回路がないと、現代では要職に就く資格がない、と言わざるを得ない。

少なくとも公人である国会議員、それも現職の閣僚がこんな表現を使ってしまうのはあまりにもずさんで軽率すぎる。この程度の表現力と感覚の持ち主が、国際社会に対する日本の外交の顔であるという事実にも、暗たんたる気持ちにさせられる。

女性や性的少数者の人権が十分に守られない日本の状況を「差別が日本全体にある」として、日本人女性のカップルがカナダで難民認定された――。そんな報道があったのは、つい最近のことだ。

2024年5月21日執筆

第２章

ニッポンの怪談

プライドパレード　自分と違う生き方認めよう

２０２３年４月23日に行われた「東京レインボープライド２０２３」のパレードに参加した。「〝性〟と〝生〟の多様性」を祝福する祭典で、特定非営利活動法人「東京レインボープライド」が主催するイベントだ。アジア最大級のＬＧＢＴＱ関連の催しと言われている。「プライドフェスティバル」は模擬店やレインボー関連グッズなどを販売する露店が集結して、大変なにぎわいを見せていた。４年ぶりに入場制限のない開催となった22、23の両日で、約24万人を動員したとのことだ。そして「プライドパレード」は、総勢１万人、40ほどの梯団がそれぞれのスローガンと共に、東京・渋谷の街を練り歩く。私たちはグループ23番で「変わるまで伝え続けます」というテーマで、テレビ、ラジオ、新聞、雑誌などのメディア関係者の梯団だった。

私は、フジテレビの阿部知代さんからお誘いをいただいたのだが、当日は長野智子さんやロバート・キャンベルさん、ＮＨＫアナウンサーの武内陶子さん、山田邦子さん、ＬｉＬｉＣｏさんらが集結していた。

午後2時の集合だったが、順番によって行進を始められたのは午後3時を過ぎていたのではなかっただろうか。キャンベルさんによると、日本ではパレードではなく、公的には「デモ」扱いだとのことで、警察官の誘導のもと、代々木公園の一角にあるNHKホール前から出発して、公園通りを下り、明治通りから神宮前の交差点で表参道を上がり、井ノ頭通りから代々木公園までぐるりと一周する、2～3キロのコースだ。

沿道にも大変な数の人たちが、衣装や化粧に虹色を施して、見学や応援に集まっていた。海外からとおぼしき人の割合が多かったように思う。私たちのマイクコメントなどに手を振ったり声援をくれたりして素晴らしいエネルギーを感じた。L.i.L.i.Coさんの「誰が誰と好き合ったっていいじゃないか!」という発言には胸を打たれた。その単純なことにも遠慮しなければならない社会はどう考えても不健全だ。

日本には、自分と違うライフスタイルを採用する人をわけもなく嫌悪する人がまだまだいるようで、法整備の遅れも手伝って「みんな違ってみんないい」という価値観は共有できていないところも多い。年々、レインボープライドの運動は広がりを見せており、希望的観測では加速度をつけて意識が変わってきているようだが、国際的にはまだまだ遅れているのではないか。

多様性といえば「選択的夫婦別姓」が進まないのはどういう理由なのだろうか。「同姓でなければ家族の絆が壊れる」などというでたらめな脅し文句で、多様な形を認めたくない政治家はわんさかいて、自称先進国の日本には、いまだに「女はこうあるべきだ」「男はこうあるべきだ」「家庭はこうあるべきだ」という窮屈な生き方の押し付けが社会にこびりついている。「こども庁」を作るはずが、いつのまにかどこからの横やりなのか「こども家庭庁」などという、意識の逆戻りをさせている情けない名前の行政機関も取って付けたように生まれてしまった。

まず、窮屈な生き方の象徴的な因習としての夫婦同姓の強制を取り除いていくべきだ。そもそも、源頼朝の配偶者は北条政子で別姓を名乗っていたと前にも書いたが、たかだか明治ごろに作られたいんちきな「伝統」に、家族を守る魔法の力はない。

ソフトウエア開発会社「サイボウズ」の青野慶久(あおのよしひさ)社長らが主導して、選択的夫婦別姓制度の導入を目指し、世論を喚起するための一般社団法人「あすには」を新たにおこすと発表した。ぜひ結実させていただきたいものだ。

それぞれの生き方や、パートナーとの関係は、一人一人が自分たちで決められる世の中にしなくては、少子化対策など絵に描いた餅、魂のこもっていないお題目でしかない。「別姓にしろ」などと言っているのではなく「それぞれの事情で別姓の形を選択する人のことも認めよう」と言っていることなのに、どんな反対する理由や意味があるのか。

2023年4月25日執筆

神宮外苑樹木の伐採計画　環境保護に本気じゃなかった？

この国は、世界で最古の王家を持つことが大きな誇りと感じている人も少なくないけれども、なぜか古いものを壊して新しいものを欲しがる人も多いようだ。２０２０年東京オリンピック・パラリンピックの開催に併せて、無理やり造ってしまった新国立競技場（東京都新宿区）も、本当に必要だったのか、強い疑問が残っている。

東京五輪の誘致期間中に、当時、東京都知事だった猪瀬直樹（いのせなおき）氏は「世界一カネのかからないオリンピック」だと豪語していたけれども、蓋（ふた）を開けてみれば無駄金や裏金も含めて、史上最大級の予算を費やすことになってしまった。東京都と都民、いや全国民は、いろいろな負の遺産を長期にわたって背負っていくことになるのだろう。東京五輪に絡んでは、さまざまなスキャンダルが噴出し続けているけれど、かつて開催地が「ＴＯＫＹＯ」と発表された瞬間に躍り上がって喜び、はしゃいでいた周辺の政治家関連には一切司直の手が伸びないことが、私には不思議で仕方がない。

生活も環境も「目覚ましく」悪化している中で、それらを座視して万博やカジノに血道を上げている大阪の首長たちにも異様な執念とよこしまな意図を感じる。そして面妖なのは、夏の過酷な暑さを和らげてくれる公園や街路の樹木を切って切って切りまくっている大阪の行政だ。長年にわたって育った樹木を、なぜ切り倒してしまうのか。それも1万本である。どういう利権があるのかは知らないが、都心部の木を1万本も、市民の反対を押し切って伐採するというのは、血迷ったのか、狂気の沙汰である。

本当は、
緑は嫌いなのよ

大阪維新の会に盾を突く在阪マスコミはほとんどなく、反対運動は盛り上がりを見せていない。ほとんどいいことをしないと私には見える、維新の会が大阪周辺で選挙に勝ち続けるという不思議現象も長期にわたって続いている。また、そんな様子はみじんもないのに「身を切る改革」をスローガンにしているが、今は「木を切る改革か」と揶揄されている。

東京都の小池百合子知事は、明治神宮外苑のおびただしい数の樹木の伐採について「新たに植える木はもっと本数が多い、緑地の面積も増える」と説明する。だが、幼い低木を植えたところで、冷却効果が元通りになるのは100年かかるという予測もある。これからどのような科学技術の進歩で温暖化対策ができるかは想像の範囲を超えるが、少なくとも私の生きているうちにはその効果を体感する可能性はない。環境植栽学の専門家は、こんな乱暴な伐採をすれ

ば「ヒートアイランドは強まって神宮外苑の気温は上昇する」「100年の大木と、新たに植える若木ではレベルが全然違う。緑の持つ効果は増えるどころか、確実に損なわれる」と警告している。

これが「環境の小池」と、緑をテーマカラーにしてきた人物のやることなのだろうか。そもそも環境保護に本気ではなかったということが、樹木の伐採で都民が被る莫大な損害によって露呈してしまうことになろうとは皮肉なことだ。

2023年3月に亡くなった音楽家の坂本龍一（さかもとりゅういち）さんが、がん闘病中に渾身（こんしん）の思いでしたためた「これらの樹々はどんな人にも恩恵をもたらしますが、開発によって恩恵を得るのは一握りの富裕層にしか過ぎません」と神宮外苑の再開発の再考を求める、まるで遺言とも取れる手紙を送ったが、小池氏の対応は門前払いにしたかのようだ。記者会見で関連した質問が出ても「答えません」と「木」で鼻をくったような冷徹な本性を惜しみなく見せつけている。

2023年5月2日執筆

憲法改正　一部政治家が躍起になる理由は

2023年5月3日の憲法記念日は、神戸のみなとのもり公園で催された憲法集会に招かれた。すごいにぎわいで、参加者は7000人という報道もあったが、1万人を超えていたのではないだろうか。そんな中、おこがましくもメインスピーカーとして30分ほどのスピーチをすることになった。

憲法が改正どころか改変、いやどう考えても改悪されようとしている昨今、何をどう変えるかも示さずに「改憲に賛成か、反対か」という無意味な質問で得た数字ばかりが躍っている中、改憲を容認する人が増えているようなムードが醸されていることに危機感を覚える話を申し上げた。ことに緊急事態条項などを創設してしまえば、当時は平和的、進歩的な憲法だと言われていたワイマール憲法の「全権委任法」をナチスドイツが利用したのと同じく、時の権力者が恣意的に憲法の効力を停止して、永久に独裁を続けることになる恐怖についても話した。

その中で、神奈川・鎌倉で最近開催した井上ひさし作品の朗読会のために持ち歩いていた『子どもにつたえる日本国憲法』（講談社）という名著の一部を朗読させていただいた。「憲法の精神が時代に合わず古くなっている」というのは間違いで、逆に憲法の平和主義が世界を先取りしていることを誇りに思うべきではないか、と教えてくれている。いわさきちひろさんの絵と共に素晴らしい世界観を作り上げている本で、大人の私たちも読み返すと目から鱗が落ちるような言葉がつづられているので、人の寄り集まる場所全てに置いてほしい思いすら湧く本だ。憲法記念日でなくとも、憲法は私たちの生活、命、この国の骨組みとして「ずっとあるもの」なのだから、常に大切なものとして意識していたいものである。

「憲法を分かりやすく」といえば、もう一つ名著がある。弁護士の楾大樹さんが書いた『檻の中のライオン』（かもがわ出版）で、イラストレーションなどと共に、法律家が共有する憲法の基本的な理解を「ライオン＝国家権力」「檻＝憲法」という比喩によって分かりやすく伝えてくれている。

一応、合法だぜ。

例えば「檻を作るのは私たち」の項では、君主が国民に権利という恩恵を与えてやっているという「欽定憲法」と、国民が君主に命ずる形の「民定憲法」があり、この国の日本国憲法は後者だと解説している。

「檻にライオンを3頭入れる」という項目も面白い。権力が一つに集中してしまうと暴走に歯止めがなくなるので、行政権（内閣）、立法権（国会）、司法権（裁判所）を、檻の中で監視させ合うという概念だ。「ライオンは檻を大切にしないとダメ」という項目は、国会議員や公務員が、日本国憲法を尊重し、順守しなければならないということを語っている。憲法を改変したくて仕方がなかった、近年まで首相だった人物は、生前「みっともない憲法ですよ」などとこき下ろしていたけれども、その時点で国会議員である資格もなかったということにならないだろうか。

そもそも、国民の間で「こんな憲法のせいで不自由だ」という不満が出て「憲法を変えるべきだ」という社会運動が起きるのならともかく、政治家の一部が躍起になって変えたがっている理由を察するに、そのほうが権力を好き勝手に行使して金もうけができるからという以外に、説得力のある説明をしてくれる人がいたらお願いしたいものだ。

そのような政治家たちの中には「主権在民はおかしい」とか「基本的人権など削除しろ」とまで言う人たちがいる。そういう者たちに、私たちを守ってくれている憲法をいじらせていいはずがないではないか。

憲法によって縛られるべき国会議員が「憲法を変えよう」と言うのは、犯罪を犯す可能性が高い者が「刑を軽くしろ」と騒いでいるのと大きな違いはない。

2023年5月9日執筆

映画「福田村事件」　最後まで気が抜けない濃密さ

昨年（２０２２年）５月に、映画監督の森達也さんからメッセージをいただいた。夏に撮る映画に出てほしいという内容で、もちろん一も二もなく快諾したのだけれど、いかんせん、舞台「裸足で散歩」の稽古と本番の日程が、映画の撮影と丸かぶりで、どうにもできずに断念した。どんな作品になるかすこぶる楽しみにしていたのだが、森監督から試写のご案内もいただいたのに、これまた全てにスケジュールが入っていて、見逃したままになっていた。

舞台「桜の園」の大阪公演中に休みができ、阪急電鉄十三駅近くの映画館「第七藝術劇場」（大阪市淀川区）で、森監督の「福田村事件」が上映中だということが分かり、出遅れてしまったが、やっと鑑賞することができた。

結論を言えば、素晴らしい作品だった。脚本も出演している俳優陣の演技も、目を見張るばかりである。これほどの作品に関われなかったことを悔やんでも仕方がないので、できるだけ多くの人にこの作品を見てもらえるように気張ろうと思う。

１００年前、１９２３（大正12）年９月１日に発生した関東大震災の前後の話で、千葉県の福田村（当時）で実際に起きた事件を描いた群像劇だ。福田村での出来事は事件後、長く公に語られることがなかった。少しずつ知られるようになったのは、なんと60年ほどたった80年代のことだ。

関東大震災の直後、朝鮮人が暴動、強奪、井戸に毒を投入しているなどのデマが飛び交い、各地域では自警団を組んで朝鮮人と分かると虐殺する、という事件が多発した。

福田村では、香川県からやって来た15人の行商人たちの方言が、住民には何をしゃべっているのかが分かりづらかったことから「朝鮮人ではないか」と誤認して大騒ぎになった。朝鮮人であろうがなかろうが殺される理由などないのだが、誰かがばらまいた虚偽の情報で疑心暗鬼から被害妄想に陥った者たちは冷静さを取り戻すことなく、大惨事になってしまったのだった。

内容は事件の骨格だけにとどめるけれども、ぜひ映画館でこの事件に触れていただきたい。

ドキュメンタリー映画で多数の問題作をものしてきた森監督だが、俳優を使って劇映画にするのは今回が初めてだと聞いた。そして、まるで初めてだと思えない素晴らしい演出で冒頭からぐいぐいと引き込まれ、その時その村に居合わせたような感覚に襲われた。2時間を超える作品だが、長さを感じさせない、最後まで気が抜けない濃密な映画だ。

このメカニズムは
ほとんどの
虐殺や戦争につながる。

後に新聞事業に携わることになる正力松太郎（しょうりきまつたろう）が警視庁官房主事だった時に、朝鮮人暴動の情報をマスコミに流し、後にデマだったと認めたことは知られている。回顧録の中で虚報に翻弄（ほんろう）されたことについて「警視庁当局として誠に面目なき次第であります」などと述懐している。関東大震災後に多くの朝鮮人が虐殺された悲惨な事件を知らぬはずがないのに、小池百合子東京都知事は、歴代の都知事が毎年行ってきた朝鮮人犠牲者の追悼式典への追悼文の送付を取りやめたままにしてしまっている。

東日本大震災の時も「外国人が死体から財布を抜き取っている」などの「伝聞の伝聞」としての悪意に満ちた誤情報を拡散させる者がいた。災害や厄災が起きると、なぜ人は差別に走ろうとするのだろうか。「朝鮮人の暴動はデマじゃなかった」「朝鮮人虐殺はなかった」などと主張する人が近年また出てきたようだ。１００年前の事件で、当時を生きていた人がいなくなってしまったことで息を吹き返したのかもしれない。戦争の悲惨さを語る人がいなくなり、戦争体験のある政治家もいなくなったこととつながっているのではないか。

２０２３年９月19日執筆

ハチ公像隠し　お上は鬱憤の噴出を恐れている？

ハロウィーン目前の週末の夜、東京・渋谷の街はハロウィーンでらんちき騒ぎが起きているものだろうと個人的に警戒した。混雑はしており、ちらほらとハロウィーン目当てで来たような風情の人も見かけたけれど、しかしそれほどの混乱やトラブルは起きていないようだった。厳戒態勢と言ってもよさそうな物々しい警備が張られ、なぜか渋谷駅前のハチ公の銅像はフェンスで厳重に囲われ、その上白い幕で覆い隠されてしまっていた。11月1日まではハチ公像を隠したままにするのだというが、なぜそこまで無粋を働かなくてはならないのか、違和感を覚える。

「あんな銅像があるから人が集まって狼藉（ろうぜき）を働くのだ」と偉い人が言ったのだろうか。指定された区域では、いわゆる「路上飲み」が午後6時から翌朝の午前5時まで禁止となって、コンビニエンスストアでは酒類の販売を停止した。

ハロウィーンでいい大人が騒ぐなんて日本だけだ、と言っている人がいるが、そんなはずはないだろう。この時期でなくとも、海外のハロウィーンでは子どもたちのみならず大人もコス

プレで大いに盛り上がって楽しんでいる。

日本の都心では村祭り、夏祭り、秋祭りといった地域で住民が発散できる催しが減っていることもあって、ハロウィーンが余剰エネルギーの発散の代替的機会になっているのかもしれない。しかし、よその地域から変な格好をした人々が大挙してやって来て朝まで暴れ、車はひっくり返すわ、道路周辺をゴミだらけにするわでは、地元の住民もたまったものではないだろうけれども。

「コスプレ」という外来語の略語で呼んではいるけれど、変装してお祭り騒ぎをするのはハロウィーンに始まったものではなく、昔から日本でも、秋田では「悪い子はいねえか！」と叫んで村の家に暴れ込み、子どもたちを脅かすナマハゲが有名だし、新潟・佐渡などでは、おかめとひょっとこの面を着けて男女が何かのメタファー（隠喩）として踊ったり、歌川広重の絵にも描かれているように江戸の高輪、品川の海岸沿いでは旧暦の1月と7月に月を拝む二十六夜待ちという行事でタコの仮装をしたりする人もいたようだ。京都の祇園や先斗町のかいわいでは、節分に鬼に見つからぬよう、男女が本来の自身の性別ではない扮装をするなどして過ごす「お化け」という風習もあり、近年また盛んに楽しまれるようになっている。

子どもに限らず、人間は誰しも変身願望があるのだろう。その欲求を満たしてストレスのコントロールをするのも一つの知恵だ。そして、変装は知らない人とのコミュニケーションのハードルを劇的に下げてくれる。扮装一つで、面識のなかった人と簡単に話をすることができるようになるのだ。そういう欲求を持った人が、渋谷に集まってくるということも言えるのではないだろうか。

渋谷のハロウィーン騒ぎの警備に費やした予算は約4800万円だと聞いた。それだけの人員を投入し、象徴的なアイコンを覆い隠すという反応の大本には、お上が騒動の発生を必要以上に恐れていることがあるのかもしれないと勘繰ってみた。国民負担率が5割近くに達し、実質は6割ではないかと思えるこの国で、暴動が起きないことが不思議なくらいで、我々はうまく飼い慣らされてしまっているのではないか。江戸時代なら大規模な一揆が起きていても不思議ではない状態だ。過酷な年貢の取り立ては、今の時代で言うところのインボイス制度になぞらえることができよう。庶民の不満、鬱憤という名の余剰エネルギーは、日々積み重なる権威からの嫌がらせとも言える無常・非情な扱いで、いつ噴出してもおかしくないのではないだろうかと、ハロウィーン騒ぎに連想してみたが、考えすぎだろうか。

2023年10月31日執筆

選挙報道　投票率アップへ努力見えぬ

東京の八王子市長選挙が終わった。事前の情勢調査では、野党系が推す候補者が先行しているという情報があったが、かなりの低投票率、前回に続いて30％台で、与党系が推薦し東京維新の会が支持した候補者が当選した。自民党派閥の裏金事件や、旧統一教会（世界平和統一家庭連合）との関わりが深いとされる議員が熱心に与党系などが推す候補者を応援したことで足を引っ張るのではないかと「期待」したのだけれど、低投票率の結果、組織票が幅を利かせたのだろうという感想しかない。

今回の選挙は自治体の首長選挙だったけれど、それにしても地元の生活に密接に関わる役職を選ぶのに、４割にも満たない投票率ということは、市民の側に公権に対する要望というものがないのかと思ってしまう低さだ。

そして、これがまた国政選挙でも五十歩百歩で、国の方向や形を決める重要なものなのに、前回２０２１年の衆院選（総選挙）では、投票率はたったの約55％だった。09年の総選挙では約69％だったのだが、最近は低調である。

「選挙になんか行ったって変えられない」という無力感がそうさせるのかもしれない。しかし、みんながそう思っていれば、なおのこと変えられなくなるのは分かり切っている。

業界団体などへの利益誘導と密接な関係にある候補者を支持する人たちは、自分たちの利益に直結するから面倒でも悪天候でも投票所に足を運ぶから、そういう人たちの1票の重さは増える。一方、利権と距離を置く人こそ投票に行かなければならないのに、逆の行動を取ってしまうのだ。自分と反対意見を持つ人の票のバリュー（価値）を大きくしてやって悔しくないのか。そういう利権から遠い人というのは、おそらくは生活が苦しい人が多いのではないか。何とか状況を改善させたいという気持ちが湧いて当然だと思うが、そうならないのはなぜなのだろう。

選挙権という国民の権利を勝ち取るまでにどれだけの時間と労力がかかったかを忘れてしまったかのように、半分ほどの人が棄権してしまっている。ここで、国民の政治に対する関心の薄さを嘆くのは当然だが、もっと嘆かなければならないのは、大手マスコミ、テレビや新聞である。投票率を上げる影響をもたらす力があるのに、その努力の跡が見られない。

投票締め切りになる時間まで、テレビはニュース番組のごく一部を除いて選挙の気配を消し

ておいて、開票がスタートする午後8時になった途端「0打ち」での当選確実のニュースで騒ぎ始める。なぜ、選挙期間中、もっと投票に行きたくなる材料を大量放出しないのか。それができるのはテレビの力であるはずだろう。連日、注目選挙区の候補者をスタジオに呼んで意見を戦わせるとか、いろいろな組み合わせで党首同士の討論をさせるなどしないのだろうか。呼んでもスタジオに来なければ、その人の判断なので、対立候補にしゃべらせればいい。候補者の密着映像なども「選挙結果が出てから」ではなく、なぜ選挙期間中にリアルタイムで見せないのか。

不偏不党だ、公正中立だ、公平性だ、放送基準だ、放送法だと、いろいろな事情はあるのだろうけれども、それで問題が起きないように工夫する知恵を出すことすらしていないのだろうか。高市早苗氏が総務相だった時に放送局の電波停止うんぬんをちらつかせるようなこともあったし、各局に「公正に報じろよ」という意味不明のファクスでプレッシャーがかけられることもあったが、選挙報道にもし問題があったら検証して再発防止に努めればいい。

ニュース番組でお義理のように各党の党首を集めてボードに文字を書かせてクイズ番組のように主張を出させたり「各1分でお願いします」などと言って政策をしゃべらせたりしているが、最後はまとめのように与党の出演者に発言させておしまいという隔靴掻痒を何度も味わっている。生放送だからこそ熱く盛り上がる議論を展開し続けてほしい、投票前に。

2024年1月23日執筆

ウズラの卵　控えるより食べ方教えては

福岡県の小学校の関係者から「1年生の児童が給食中に喉を詰まらせて息ができない」という119番があり、ドクターヘリで病院に運ばれたが、死亡が確認されたというニュースがあった。児童はゆでたウズラの卵を喉に詰まらせてしまったのだという。なんとか助けてあげられなかったのかという気持ちになるが、現場にいた人にしか分からないこともあるだろうから、軽々には論評しにくい出来事だ。

この事故を受けて、各地の教育委員会が給食にウズラの卵の使用を当面控える方針を決めた。窒息事故防止の留意点を幾つかの項目にまとめた教育委員会もあるようだが、果たしてウズラの卵が悪いのだろうか。

どんな食品でも、喉に詰まらせる可能性はある。口に入れる前に小さく切る▽よくかむようにする▽食事の時間を十分に取って慌てて食べないようにする▽口に食べ物を入れた状態でしゃべらない――といった指導を怠らないようにするのが肝要なのではないだろうか。

この出来事を受けて、ある横浜市議がSNS（ネット交流サービス）のX（旧ツイッター）に

「横浜市の給食を確認したところちょうど昨日、今日、明日とそれぞれ別ブロックの小学校でうずら卵入りのメニューとのこと」「もう止められないとのことで、どうか気をつけて」と投稿した。「止められない」と記したのは、止めようとしたのだろう。老婆心なのだろうけれども、何か奇妙なものを感じる。「よくかもうね」などと注意すれば済むことだと思うのだが、私は楽観的すぎるのだろうか。

横浜市議の投稿に、食べる前に先生が注意喚起していたと子どもが言っていた、との返信があった。すると、この横浜市議が「本当は取り除いてあげた方が良いのではと思います」と、また投稿していた。いやいや、食材を取り除くのではなく、食べ方を指導すればいいのではないか。問題がある度に食材を使用禁止にしていては、流動食しか出せなくなってしまうだろう。それとて誤嚥（ごえん）して事故が起きるリスクはある。

給食の時間が例えば50分間だとしても、その時間には配膳や後片付けも含まれるから、子どもたちは急いで昼食を食べ終えて、残った時間で遊ぼうとしてしまうのではないか。食材を排除するのではなく、適切な食べ方を指導するほうが、長い目で見て安全を生むと思う。大人にとってもウズラの卵はつるりとしているひとかたまりなので、喉に詰まってしまうこともあるだろう。咀嚼（そしゃく）することの意義を

強く教えてあげることが大事なのではないだろうか。「動物性の高麗ニンジン」と言われることもある栄養価の高いウズラの卵を、成長期の子どもたちに食べさせないのは残念だ。

以前、こんにゃくゼリーを喉に詰まらせる事故が複数起きたことがあった。幼児と高齢者に事故が起きがちな傾向はあるが、よく咀嚼しなかったり、容器から勢いよく吸い出そうとして喉に詰まったり、子どもたち同士でゼリーを取り合っているうちに、早く食べようとして慌てて口に入れて喉に詰まらせたりするなど、食べ方の問題も多かったように思う。ウズラの卵の場合は一口で食べないようにすれば、ことは解決するのではないだろうか。

別の話だが、公園の遊具でけが人が出たら撤去したり「使用禁止」にしたりする対策が取られるようなことも起きがちだ。危険を避ける方法を注意するのではなく、使わないようにして解決だと思っている人が多過ぎないか。

新型コロナウイルスがまん延した当初、ライブハウスや酒場、パチンコ店などが「悪者」として、公的機関や自治体の首長らから無責任な「認定」をされてしまい、営業できなくなって多くの人たちが被害に遭ったのは記憶に新しい。近年廃業が相次ぎ、全国にわずか二十数軒しか残っていないと報じられたウズラの卵農家にも、今回の出来事が大打撃にならなければいいが。

2024年3月5日執筆

白票は無意味　「まだましかな」に1票を

歴代の首相が「解散するか」と問われると、その都度「考えていない」と答えることが多い気がする。もちろん、そのままの意味で受け取る人は少数派ではないだろうか。「解散しない」と言ってしまったら、駆け引き、けん制のカードを失うことになりかねないから、そうは言わないのかもしれない。「しない」と言ってその後解散してしまったら、うそつき呼ばわりされてしまいかねない。だから「考えていない」と言うのだろう。「考えていなかったけど、その後考えた」とはいくらでも言える。

「善処する」「前向きに検討したい」「精査して適正に処理する」など、「やらない」という意味の政治家用語は多いが、この「考えていない」ほど空虚な言葉も他にないのではないだろうか。政治家があらゆる打てる手を想定しなくてどうするのか。そんなシミュレーションをしていないわけがないではないか。

菅義偉（すがよしひで）前首相のように「仮定の質問には答えられない」と言う人も多いが、仮定して事前に対策を立てることも仕事であるはずなのに、この逃げ口上にはあきれる。「私は想像力のない無能な人間です」と秘密をばらしてしまうことに抵抗感がないのだろうか。

このところ、連日といってもいいほどに、自民党の議員らによる不正、裏金、醜聞が次から次へと湧いてくる。その種類の多さに辟易しつつ、有権者としては一刻も早く自分の持つ権利の行使をしたいところだ。しかし、せっかく意思表示の機会が与えられても、毎度それを無駄にする人が多くいることに、憤りよりもあきれてしまうのが現状だ。

なじみの居酒屋で、顔見知りの女性客がしたり顔で話す。

「いつも投票所には行くの。もちろん与党には入れないけど、野党もだらしないから入れない。だから、私は毎回白票なの」

自身で思いついた行動なのか、誰かの影響を受けたのか、分からない。以前から「白票でもいい、投票することに意義がある」という言説が広まっている。これが大きなうねりとなるなら、ある種のデモンストレーションのように、意思表示にはなるだろう。「自分の1票ぐらいで結果は変わらないから」と投票所にすら行かない人よりは何百倍もいい了見だとは思うが、ほとんど無意味な行動で、自己満足にしかならないのではないか。今の自民党の議員に「白票が多い、国民は怒っているようだ」と、まっとうな政治に切り替える者が果たして一人として

いるだろうか。

いつも言うことだが、選挙に白馬の王子様は現れない。消極的選択であっても、誰かに役目を担わせるためのプロセスだから、「こちらのほうがまだましかな」という候補者に入れるしかない。「投票したい人がいないのです」ということは言い訳にはならない。

投票権を放棄するということは、自分の1票を無駄にするだけではなく、自分とは違う意見を持つ人が入れた1票の重さを増してやることになるのだ。当選結果は変わらない場合でも、白票と違い、接戦になれば「次の選挙が危ない」という自覚が出るので少しは謙虚になるだろう。

大事な投票の機会を放棄しておいて、紙の保険証廃止やら消費税やらインボイスやら裏金やら旧統一教会との関係やら重税感やら意味のない異次元の少子化対策やら物価高やら能登の復興そっちのけの「カジノ万博」やらに文句を言っている人は多いのではないか。その人たちが投票所に足を運ぶだけで、世の中の流れが相当変わるのに、長年飼い慣らされてしまったかのように悪い意味でおとなしい。

3月31日も、岐阜県の郡上（ぐじょう）市長選・市議選、岩手県平泉町議選などの投開票があるらしいが、地元では話題になっているのだろうか。誰が当選しようが、投票率が上がっていることを祈る。

2024年3月26日執筆

「離婚後共同親権」に躍起　想像力の欠如に驚く

想像力を欠いた、自分の周辺と、記号的な人間関係しか見えない人間が政治家になると、多くの国民が迷惑する。

離婚後共同親権を導入しようと、自民党が躍起だ。衆議院法務委員会で、谷川とむ議員が「ドメスティックバイオレンス（ＤＶ）や虐待がない限り、離婚しづらい社会になるほうが健全だ」という珍奇な意見を述べて物議を醸した。誰だって結婚する時は、一緒に幸せになろうと考えて夫婦になる。しかし、未来のことなど誰にも分からない。やむにやまれぬ事情や、全く想定していなかった事態が起きて関係が修復できなくなるなど、いくらでもある。ドメスティックバイオレンスや虐待だけが決定的な破局理由とは限らないし、我慢できない状態というのはその種類も程度も人によってさまざま。離婚しにくい制度などを政治家に設計されるのは国民にとって迷惑千万な話だ。

彼は、Ｘ（旧ツイッター）で「愛する子どもを連れ去られない限り、連れ去られた人の気持ちはわからない。虚偽ＤＶの汚名を着させられなければ、その辛さはわからない」などと投稿、正当化しようとしている。虚偽ＤＶというものがどれほど社会問題化しているのかは知らねど、よほどつらい状況がなければ、子どもを連れて逃げようと思うはずがない。「連れ去られ」などという被害者風の表現にも気色の悪さを感じるが、生活や収入を捨て、人間関係を絶ってまで身を隠そうとする母子の状況が本当に分かっているのだろうか。そんな状態を長引かせることが、子どもの情操にどれほどの不利益を生むかに、わずかな想像力も使えないことに驚くばかりだ。「連れ去られたほうがつらい」という主張からは、「連れ去り」呼ばわりされた側、つまりその人から逃げ出さざるを得なかった者や子どものつらさには、全く思いが至っていないと伝わってくる。

対立の長期化が子どもに悪影響を与えるのは目に見えている。共同親権の場合、親同士の価値観の相違が原因で対立が生まれ、例えば教育方針や生活環境についての相違が深刻化すれば、それは誰かが間に入って解決できるような単純なものではない。そもそも、夫婦間でコミュニケーションが取れたり協力できたりするのであれば、離婚に至る可能性は低い。しかし、やむを得ず離婚した、あるいは別居状態になった時、これまでたまった感情が爆発したり、過去の問題が蒸し返されたりして、２人が協力的になれるケースは極めて少ないだろう。

共同親権になった場合、片方の親が他方に比べ不利益を被る場合がある。子どもの世話や教育に片方の親が積極的に関わると、もう一方はその機会を奪われる可能性がある。子どもは物理的に、二つの学校や二つの塾に通うわけにはいかないだろう。

さらに共同親権だと、「高校無償化」などの所得制限に引っかかってしまう可能性もある。元夫婦の収入を合算して受給資格の認定をするというのだ。だから、シングルマザーなどは所得が低いため受給資格があったのに、共同親権ならば元夫婦の収入が合算されてしまい、逆に「高所得だ」と認定されてしまうケースがありうる。しかしその実情は、高所得の夫が養育費をろくに払わず、経済状態の厳しいシングルマザーのまま、にもかかわらずだ。そもそも、現在の日本では、母子家庭に対する養育費の未払いは7割にも上る。養育費を全く払わない元配偶者と合算するなど、天下の愚策ではないか。養育費を強制的に徴収する案もない。「離婚しにくい社会」になれば、離婚を恐れるがあまり、結婚に踏み切れない人たちが続出するのは明白だ。

ここまで現実を見ない政治をされると、自民党はあえて「日本人を減らす」方向に、突っ走っているとしか思えない。

2024年4月16日執筆

校則　何のためにあるのか

私が幼稚園児の頃。父母が迎えにきた際に園庭を見れば、大勢の子どもの中で私を発見するのが容易だったと、生前の父から聞かされた。私の髪の色素が薄く、今で言う「茶髪」のようだったので、すぐに見つけられたのだそうだ。小学校のアルバムを見ても、モノクロだが私の髪は明るい色をしている。高校生になる頃にはすっかり黒くなったので奇妙な校則に悩まされることはなかったが、茶色のままならば教師に「黒に染め直せ」と指示され、私は「染めてません」と反発するなど、衝突していたかもしれない。

しかし、なぜ黒髪でなくてはならなかったのだろうか。日本人のほとんどが黒髪だから、それに倣えということなのだろうけれども、なぜ倣わなければならないのだろうか。生まれつき髪の色が黒以外の子どもがいて当然だし、肌が黒かったり白かったりしたら、日本人の多数派の肌の色のファンデーションで隠さなければならないのだろうか。

以前は色鉛筆やクレヨンに「はだ色」があったが、今世紀に入ってからは「うすだいだい」などと呼称が変わって、「はだ色」の表記は一切見なくなった。もちろん、多様性が当たり前の世の中になり、「はだ色とはこの色だ」と決めつけることが間違いだと気づいたからだろう。
ところが、日本の数ある学校の中には、全く意味が分からない校則で、生徒や児童を縛り付けようとするものも多く残っているようだ。「とにかく黒でなければ許さない」と強制的に黒色に染めさせる学校もあるらしいが、これは生徒の意思に反して丸刈りにすることと同じく、ほぼ傷害行為である。あるいは、もともと黒い髪ではないことを証明させる書面を提出させるという、生徒の人格や尊厳を認めない愚かしい学校もあるという。
くせ毛の生徒に「パーマをかけている」と難癖をつける学校もある。人によってはコンプレックスに感じている可能性があるのに、「くせ毛届」なるものを提出させるところもある。髪にウエーブがかかっていたとして、誰に迷惑がかかったり、勉学の妨げになったりすると言うのだろうか。 
スカートの裾から膝が出てはいけないという校則もあるらしい。体形、足の長さ、成長のスピードも個人差があるのに、膝の露出を基準にして、何かしらの正否を決めるという無意味なことを大真面目にやっている不思議なところもあるのだ。最近話題になった「ブラック校則」には、下着の色まで決められているという、セクハラまがいのものもあった。そして、その色

はあ〜い！
ではいばからチェック
しばはあ〜す！

を教師が検閲する儀式まで存在していたというのだから、誰のためにある決まりなのか不可解でしかない。

登下校中の水分補給を禁止しているところもあったという。さすがに今の気候の変化で真夏日にそれは生命の危険に関わるので、現在はそんな学校はないと思いたいが、理解に苦しむ珍妙な決まりにあきれるばかりだ。さらに驚いたのは、他の生徒の校則違反を見つけて密告すれば、以前没収された物品を返してもらえるという不気味な慣習もあるという。

そもそも、校則は何のためにあるのか。制服自体、軍隊の名残であり、女子のセーラー服はイギリス海軍の水兵が着ていた服だった。男子の詰め襟はもとはフランス海軍の軍服を模したもので、現代の生徒が同じものを着用しなければならない意味は薄いだろう。なぜ制服が採用されたのかといえば、体育教育が始まり、能率的に動きやすいことが求められたという機能的な理由と、全ての学生が生まれ育ちや貧富の差によって受ける教育の質に差がないことを示す精神的なものがあったのだという。

しかし、これはこじつけのような気がしてならない。学校側は生徒や現場の教師を信用していない。だから外形的なことを細かく決め、一見「管理できているように見せる」ことが主たる目的ではないか、と想像してしまうのだ。

２０２４年４月23日執筆

横浜市教委傍聴動員 「児童の人権」持ち出すずる賢さ

横浜地裁は、小学校の校長室内で当時9歳の女児にキスをするなどしたとして強制わいせつ罪に問われた元校長に、懲役1年6月、執行猶予3年の有罪判決を言い渡した。裁判官は「女児の今後の心身の発育に影響を与えることも強く懸念される」と述べた。

こういう人物が小学校校長という重職に就いていて、校長の立場を利用したという事実はもちろん面妖である。だが、なりふりかまわず彼を「守ろうとした」横浜市教育委員会は、もはや子どもたちを指導する立場の人材や組織を管理する能力も良識も持っていないことがよく分かった。

報道によれば、同市教委はこの事件を含む4件の裁判で多数の職員を傍聴に動員し、一般傍聴ができないようにしていた。私個人としては、こんなケースは被告の名前も顔も公にさらして再発を防ぐのが肝要だと思うが、市教委はこの期に及んでなぜ恥の上塗りをしてしまったのだろうか。

もちろん、発覚しないように工夫はしていたようだ。1回あたり最大50人もの職員を動員し傍聴人は静粛に……

静粛すぎる……。

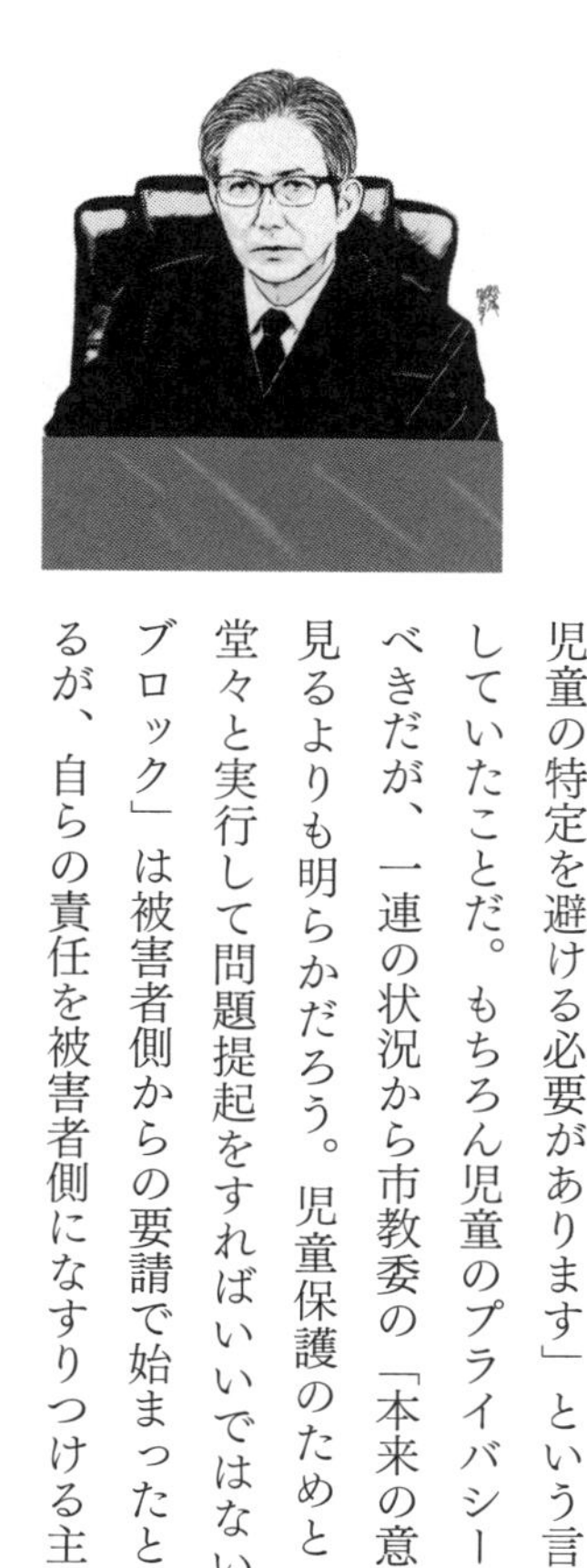

た上、「裁判の傍聴について（協力依頼）」という文書を配布していた。その中に「傍聴にあたっての注意事項」の項目があり、「関係者が集団で傍聴に来たことをわからないようにするため、裁判所前の待ち合わせは避けてください。また裁判所内で、お互いに声かけや挨拶（会釈を含む）などはしないようにお願いします」「10時15分に◎号法廷傍聴室ドアの前の廊下に静かに並んでください。10時50分過ぎにドアが開いたら入室し、1番前の列から座り、席を埋めてください」「傍聴席で本件に関する資料を広げて見たりすることは控えてください」などと書かれていたという。つまり、当該行為が不正だと自覚していたことの表れではないか。

教育に携わる大人たちが徒党を組んで、憲法で定める「裁判の公開」原則を踏みにじり、インチキによって国民の権利を阻害した重大性は徹底的に追及されるべきだろう。ずる賢いのは、この行為について「児童の人権に関する事案であり、被害児童保護の観点から、部外者による児童の特定を避ける必要があります」という言い訳を用意していたことだ。もちろん児童のプライバシーは守られるべきだが、一連の状況から市教委の「本来の意図」は火を見るよりも明らかだろう。児童保護のためというなら、堂々と実行して問題提起をすればいいではないか。「傍聴ブロック」は被害者側からの要請で始まったとも言っているが、自らの責任を被害者側になすりつける主張ではないか。そもそも裁判所は個人情報の秘匿を徹底しているので、市教委の言い訳は的が外れている。

この件が発覚したのは、ある新聞記者が「著名人の事件でもないのになぜこんなに多くの人がいるのか」と疑問に思って傍聴人の後を追ったところ、市教委の施設に入るのを確認したことからだった。

動員された職員の中には、出張扱いで旅費を支給された者もあるらしい。市教委は延べ500人以上に傍聴を求めたというが、裁判は平日だろうから、職員の多くはもちろん勤務時間中のはず。彼らの給料も旅費も、すべて税金から出ている。児童保護のため必要だというなら、堂々とすればいいだけではないか。平日の日中、大量の人員を投入して本来の業務に支障が出なかったのだろうか。こんな組織の体質そのものが「児童の今後の心身の発育に影響を与えることが強く懸念される」のではないか。「反面教師」という言葉の意味を、教育委員会が身をもって教えてくれたという皮肉は笑えない。

2024年5月28日執筆

「うんざり」発言　批判の矛先、そこじゃない

２０２４年7月7日、東京都知事選挙が投開票される。小池百合子知事が2期目を終えようとしているが、彼女が最初に立候補した際に掲げた公約「七つのゼロ」は、「ペットの殺処分ゼロは達成した」と主張したものの、その他多くが達成されないまま、約束がほごにされようとしている。また、「カイロ大学卒業」という学歴が詐称ではないかという疑惑も残されている。かつての側近が「文藝春秋」で「学歴詐称工作に加担した」とする手記を発表したが、小池氏本人は「大学が卒業を認めている。選挙のたびにこういう記事が出るのは残念」と否定した。とても納得できる説明とはいえない。

蓮舫（れんほう）氏が参院議員を辞職、立憲民主党を離党して、都知事選に立候補すると表明した。現職の小池氏にとって手ごわい対抗馬になりうるかもしれないというのに、テレビの情報番組の扱いの小ささ、短さはどうしたことなのだろうか。

あるワイドショーでは、タレントの真鍋（まなべ）かをり氏が奇妙なコメントをしていた。「蓮舫さんが出てきたことで、国政の構図がそのまま都知事選に流れて来ちゃっているような感覚になる。

都民としては、選挙に対してテンションがあまり上がらない。自民党の裏金問題があって野党がわああ、と言うけど、文句しか言っていないみたいなのがもううんざり。それを都知事選にも持って来られても、ちょっとおなかいっぱい」という趣旨の感想だそうだ。

我々が「うんざり」しているのは、裏金をごまかし続け、問題の解決を渋る自民党に対してであって、それを批判している野党にうんざりと言うのは、単に自分が自民党の支持者であるからそう感じるのではないだろうか。よしんば支持者ではないとしても、これまでの活動や言動をみれば、さもありなんと思っても無理はないだろう。そう言えば以前、彼女が「桜を見る会」に参加して、当時の首相のすぐそばで写真に納まっていたのを思い出す。

なぜ彼女が都民の心境を把握し代表しているのかが不可思議ではある。かつて東京パラリンピックのＰＲをするなど、小池都政に親しみを感じているのかもしれない。しかし、テレビで出馬表明についてこのようなコメントをするのは、それ以上の何かしらの役得があるのではないかとすら勘繰ってしまう。

彼女はＴＢＳの番組にも出演して同様のコメントをしていたが、おそらく偶然ではないだろう。もちろん彼女は一例だが、各局のあまりにもバランスを欠く扱いに、ちょっとどころか強

もう、うんざりと
思ってるところに
都知事選で……

烈な違和感を覚える。

都庁の建物になんだか分からないプロジェクションマッピングを投影するのに何億円もかけ、「新たな観光スポットだ」と胸を張る小池氏。彼女が都知事でなくなってしまったら困る勢力や企業があるのだろうか。テレビ局が、そういう利権にそんたくしてこぞって小池氏を利するように報じているのだとすれば、逆に分かりやすい。まさか、今回の選挙の準備のためにその予算を費やしたとは思いたくないが。

自分たちの周辺だけが潤うように誘導する自民党による長年の政治が、日本をむしばんでいるにもかかわらず、この期に及んで「批判にうんざり」などと言えるのは、よほどの安全地帯で何不自由なく暮らしている人だけではないか。

所属の女性議員があちらもこちらもおかしなことになっている昨今、次あたりの国政選挙では自民党から真鍋氏に立候補要請の声がかかるのではないか、と想像したら面白くなった。

２０２４年６月４日執筆

都知事選候補の扱い　バランス欠く展開、なぜか

１９８５年の夏、東京・赤坂にあった旧ＴＢＳ社屋の玄関で大勢のスタッフに出迎えられ、会議室のようなところに案内された。和田アキ子さんがメインの情報バラエティー番組が秋から始まることとなり、私が男性司会者に据えられる運びとなったのだ。プロデューサーや何々局長といった、25歳の青年にとっては気後れするような面々がずらりと並び、「最近何か面白いものを見ましたか」などという少し面接めいたやりとりがあったように記憶している。田原総一朗さんが浜田幸一衆院議員に執拗に迫るインタビューだと答え、見ていて面白かったのでそれを再現してみせた。

「番組はまさに、そういうことを求めているのですよ」と、銀縁メガネをかけた高級官僚のような雰囲気のプロデューサーに言われた。この番組は現在も放送中の「アッコにおまかせ！」。私は「少しお堅い内容になるのだろうか」と想像をした。

当時の事前打ち合わせは、放送前日の土曜夕刻、和田さん抜きで行われていた。猛獣扱いと言うと失礼だけれども、「こういう内容の情報を出したらアッコさんはどういうコメントをす

るだろうか」「こうしたらどんな反応をするだろうか」など、さまざまなシミュレーションをした上で翌日の生放送に臨んでいた。

当時は、今の同番組とは違って、スタジオは和田さんと私の2人でほぼ回し、間にゲストが登場してトークするコーナーや、吉村明宏（よしむらあきひろ）さんが中継先からにぎやかに盛り上げる企画があった。25歳の気弱な青年（つまり私）にとって、和田さんと毎週2人で生放送をするというのはあまりにも重圧だった。打ち合わせの土曜日が来るのが毎度早く感じられたものだった。

和田さんはいろいろと親切にしてくださった。当時、小野田さんという名マネジャーがおられて、その仕事ぶりを毎週目の当たりにし、「大スターには優秀なマネジャーがつくんだなあ」などと羨ましく思って見ていたのを思い出す。私は1年で当時局のアナウンサーだった生島（いくしま）ヒロシさんと司会を交代し、重圧から逃れられてうれし泣きしたのを覚えている。

最近では同番組をあまり見なくなってしまったけれど、たまに食堂や車のテレビで番組の様子に接することがある。社会情勢や時事問題などについては、出演者の発言がどうにも適当というか、ある時は不適当に感じる場合もあり、昔のような事前のシミュレーションはなくなったのだろうかと思うこともある。

最近の放送で東京都知事選について取り上げた際、スタジオの複数の出演者が現職候補を持ち上げる発言をして、公共の電波を使った放送とは思えないアンバランスな展開があった。2期8年の間に有益な施策をほとんど打ち出せておらず、東京を衰退させているという実感は、テレビ番組でレギュラーを持っているような立場だと得られないのだろうか。情報を隠し、答弁拒否をして、過去の公約の達成もほとんどできていないことには触れず、かたや有力な対抗馬として出ている候補者については、なぜかネガティブなことばかりを話していた。

かつてのような打ち合わせやリサーチが今も続いているならば、そのような偏った空気になることはありえないと思うので、現在は気ままにそれぞれが発言しているのだろうか。

スタジオにいたカンニング竹山さんが「一応、バランス取るために言っておくと」と前置きしつつ、「この8年間、都政で何が行われていたかよく分からない」「議会で目立つ答弁拒否」「フリーの記者への質問制限」「経歴疑惑」「都財政がブラックボックス」などと問題点を列挙したのは、救いだったと思う。

しかしそれを受けて和田さんが「立候補したら？」とちゃかしてしまい、もったいないことこの上なかった。

2024年6月25日執筆

異形の東京都知事選　貴重な１票、無駄にしないで

暑い、熱い東京都知事選挙は７月７日に投開票される。いろんな意味で、いびつで異形の選挙だったように感じる。

選挙期間中、候補者はいかに多くの有権者と会い、触れ合い、語り合うかが重要な意味を持っているはずだが、少なくとも序盤、ある有力候補は街の人々とほとんど対面する場面が見られなかった。対話、あるいは質問から逃げているのではないかとの印象を与えた。そもそも出馬の記者会見が完全オンラインでの実施で、質問できた記者は５人だけだった。そこから始まり、序盤は街中で直接有権者に語りかける場面が極端に少なかった。

どういう意味なのかよく分からないが、その〝有力候補〟は、都電の車両内で、プロレスラーにチョップを繰り出すようなパフォーマンスをするという珍妙な光景があった。また、江東区の運河で船に乗り、都民と直接触れ合わず、言いたいことだけを主張するという、都知事選としてはこれまた不可思議な演出もあった。さまざまな選挙活動をやりましたよ、という「絵作り」をしているのではないか、という印象も受ける。

テレビ局が有力候補者の討論を放送しようと企画するも、「ある有力候補がひとりだけ拒絶するので成立しない」という話が出ていた。これもまたおかしな話で、持論を展開しぶつけ合うのは当然なのに、その場に出てこないというなら、ひきょうだとのそしりは免れないのではないか。

だが、テレビ局は「出たくない」候補がいるならば、出演してもらわなくていいのではないか。あえてポスターを張らなかったり印刷しなかったりする候補がいるのと同じで、本人がその権利を放棄するのだから不公平でも何でもない。なぜ欠席状態でも討論番組をしないのだろう。テレビはいったい何を怖がっているのだろうか。

もちろん、積極的に街中に出て、聴衆に直接語りかける候補もいた。インターネットの動画や写真でも雰囲気は伝わってきたが、たまたま都合がついたので、ある候補の演説を聞こうとJR阿佐ケ谷駅前に足を延ばした。

SNSなどを見て得ていたイメージ以上の熱気を感じた。歩道は埋め尽くされ、周りの建物の階上にも聴衆が鈴なりに。見物できるエリアの規制ロープの中はもう入る余裕などないので、ただ人の流れに沿って回遊しながら演説を聞く状態。なんらかの動員はかかっているのかもしれないが、それにしても頻繁に拍手が起き、掛け声も多かった。この盛り上がりは投票結果に

あちらこちらの陣営を取材していた鈴木エイトさん。

どうつながるのか、気になった。

その他にも、あぜんとさせられた候補もいた。政見放送を見て全く理解不可能な候補がいたのだ。ある女性候補はさんざん自身の名前を繰り返して自己紹介した後、「ぜひ私とＬＩＮＥで友達になってくださいね」と世迷(よま)い言を言い放った。そして急に「暑い」と上着を脱ぎ、半裸のような姿をさらした。見ていてただ驚かされ、あきれるばかりだった。もちろん過去にも珍妙な政見放送をした候補はいたが、今回はもう全体的にタガが外れたというか、選挙をおもちゃにしているような印象を受けた。こんなことで投票率がさらに下がってしまわないか心配になった。

これまでも何度も訴えているが、またぞろ申し上げたい。投票率が低いということは、利権につながっている組織票の割合が増すので、利権から遠い庶民はさらに生活が苦しくなる。だから、ぜひとも選挙権を行使していただきたい。「投票券が手元にないのよ」と勘違いをしている人がいるが、役所から送られてくるのは単なる整理券で、それを持参しなくても、本人証明を済ませば投票できる。貴重な１票を無駄にしないでほしい。

２０２４年７月２日執筆

内容は？　答えたふり、ただ者ではない

その昔、「言語明瞭、意味不明瞭」と評された、竹下登という首相がいた。現在、自民党で人気があるという小泉進次郎氏だが、これまでに発せられた意味不明な発言がこの言葉を想起させるなあ、と思っていたところ、私の友人からこんな話を聞いた。

神奈川・湘南に住むその友人が横須賀を訪れた時、たまたま街頭演説している小泉氏の近くを通りかかり、しばし立ち止まって聴いてみたという。小泉氏は「私は以前、演説をしている時にお茶のペットボトルを投げつけられたことがあったんです」と言ったそうで、その友人は昨今、一層懸念されているテロリズムに対する覚悟のことを話すのだろうと思った。そして続きを聴くと、小泉氏は「だからこそ、私は、そのペットボトルの銘柄を一生忘れないんです」と述べたという。いやいや、だから一体何なのか。驚くべき動体視力ではあるが、問題はペットボトルを投げた聴衆の行動であって、お茶の銘柄ではないだろう。伝聞なのでディテールは違っているかもしれないが、彼ならさもありなんと思った。

小泉氏は環境相だった２０２０年、政府の新型コロナウイルス感染症対策本部の会合を欠席

し、野党議員に「後援会行事を優先するのか」と追及された。別の野党議員に謝罪を求められると、「私としては真摯に受け止めて反省している。『反省をしているとは言っているけれど、反省の色が見えない』というのは、まさに私の問題。なかなか反省が伝わらない自分に対しても反省したい」と、全く内容のない、何かを言っているふうで時間を費やし、答えたふりをした。ただ者ではない。

小泉氏の功績を考えると、同じ環境相時代、「レジ袋有料化」という煩わしいだけ（と私が思っている）の政策を推進した以外には何も思いつかないが、国連の気候行動サミットの関連イベントに出席し、「気候変動のような大きな問題に取り組む際は、楽しくクールでセクシーでなければならない」と述べた。シュールレアリスムの芸術家でも言わないようなことを披歴して世界中から嘲笑されたのは記憶に新しい。

温室効果ガス排出を46％削減する目標を定めた理由について、テレビのニュース番組で「くっきりとした姿が見えているわけではないけど、おぼろげながら浮かんできた。46という数字が」という、およそ責任ある立場の発言とは思えない珍妙な説明をしたことも物議を醸した。

あるラジオ番組に出演した際の発言には、ひっくり返りそうになった。「プラスチックの原料って石油なんですよね。意外にこれ、知られてないケースがある」と言ったのである。耳を疑った。こんなことは小学生でも知っているのではないか。「きな粉の原料は大豆」より広く知られていると思うが、「意外に知られていないケースがある」と彼に感じさせた「話し相手」とは、一体どういう人たちだったのだろうか。

東京電力福島第1原発事故に伴う除染廃棄物を、中間貯蔵施設から30年以内に福島県外に搬出する方針について、記者団に問われた時だ。小泉氏は「私の中で、30年後の自分は何歳かなと、発災直後から考えてきた。健康でいられれば、30年後の約束を守れるかどうかという、その節目を見届けることができる可能性のある政治家だ。だからこそ果たせる責任もあると思う」という、これまた珍妙な発言を繰り出した。

どれを取ってみても、これほどナルシシズムにどっぷりとつかった物言いを聞くことはなかなかないのではないか。ほぼ首相を決めると言われる自民党総裁選でその名が取り沙汰されているが、こういう人物に本当に、国民の命や生活を守らせていいか、不安でしかない。数年前、父の小泉純一郎(じゅんいちろう)さんと、たまたまある控室で同室になった。当欄を「毎週読んでいるよ。いいこと書いているじゃない」と言っていただいたが、今回もそう思ってもらえるだろうか。

2024年9月3日執筆

第3章

金はいずこへ

デジタル時代に「万博」　金と労力の無駄遣いでは？

1970年に大阪万博が開催された時、国全体、いや世界中の注目を集めていた。経済も産業も発展を続け、メインカルチャーもサブカルチャーもまばゆいほどに活気づいていた中で、日本が国際社会の中で「一人前」と認められる証しのような意味合いもあったのではないだろうか。

小松左京（こまつさきょう）さん、丹下健三（たんげけんぞう）さん、岡本太郎（おかもとたろう）さん、横尾忠則（よこおただのり）さんら桁違いの巨匠らが大挙して祭典のために心血を注いでいた。私は小学3年生から4年生の頃だったと記憶しているが、子ども心に「これはすごいことが起きているのだな」と感じていた。まるで無関係の当時の映画「ガメラ対大魔獣ジャイガー」では、大阪千里丘陵の万博会場が戦闘の場になっていた。怪獣がぶつかって、ソ連館かどこかのパビリオンが「ごそっ」と横にずれたのを見て違和感を覚えたことが記憶に残っている。

迷子対策として、親とペアになっているチケットは、一部分が割れて安全ピンで胸に着けられるようになっていた。私の同級生は、誰だか分からない外国人にやみくもにサインをねだっていた。「ケベック州館」「象牙海岸館」なんて聞いたこともない言葉を目にして期待感が膨らんだ。初代引田天功（ひきたてんこう）さんが自動車を空中浮揚させているのを見て、超能力だと思った。

３６０度、前後左右の天井のどこを見ても連続した景色で映像が映し出されるパビリオンにも驚愕（きょうがく）した。「ガス・パビリオン」では笑いがテーマになっていてすこぶる楽しかった思い出がある。どこのパビリオンだか分からないけれども、初めてカプセル型の全自動の風呂が展示されたのもこの時だった。

会期中に7回も通うことができたのは、関西に住んでいた地の利だが、自慢だった。しかし、今ではただのノスタルジーに過ぎない。その後は、沖縄海洋博やら神戸ポートピア博やら、つくば科学万博やら北海道の世界・食の祭典やら、名古屋のデザイン博やら花と緑の博覧会（大阪）やら、愛・地球博（愛知）やらがあったが、私の個人的な感覚で言えば、大阪万博と比べると「有象無象」に過ぎなかった。

私の中では、万博と言えばＥＸＰＯ70で完結している。いや、客観的に見て、もう博覧会に世界中から人を集めるような時代ではないのではないか。コロナ禍で延期し、そして２０２１年に強行された東京オリンピック・パラリンピックも、誘致から運営に、巨額の公金が湯水のように注ぎ込まれ、「カネのかからない五輪」などと言っていたの

が数兆円もの金が動かされることになってしまった。インターネットやデジタル技術がここまで進化し社会に浸透した今日では、金と労力と時間の無駄遣いでしかないのではないかとも思える。

今、痛快な本を手にしている。坂本篤紀（あつのり）著『維新断罪』（せせらぎ出版）という直接的なタイトルで、中身は大阪市や大阪府の行政を、インタビュー形式で厳しく論評している。コロナ対策では最悪の数字を見せている大阪は、都構想・カジノ・万博を同時にやって、効率良く景気回復、などという皮算用だった。だが、都構想は頓挫、万博は25年にやると決まったが、カジノを含む統合型リゾートの開業は29年を目指すことになったというので、大きくもくろみが外れてしまった。

大阪維新の会の首長は、コロナ対策のやっているふりを毎日のようにテレビ出演で見せていたが「イソジン騒ぎ」や「雨がっぱ騒動」を含めて、実際は劣悪なものだった。それなのに、カジノや万博や都構想など必要のないことばかりやっているスカタンぶりを、この本は小気味よくバッサリ切ってくれている。著者は大阪にあるタクシー会社社長で、庶民的かつ分かりやすい言葉で語り口が聞こえてくるようだ。もう一度読み返してみよう。

２０２３年４月11日執筆

トラブル多発のマイナンバーカード　得をするのはどんな人？

ずっと、私個人はその存在すら無視し続けてきたマイナンバーというのは、有害にしか見えない。それをどうしても推し進めたい、無理やりにでも導入させたい、そして「強制でない」と言いながら事実上の強制になるような外堀の埋め方でごり押しをしてきた岸田文雄政権は、一体どういうインセンティブがあってこんなばかげたことをやっているのだろうか、不思議で仕方がない。よほど政府の近くに、とんでもない得をする人たちがいるのだろうと思わなければつじつまが合わない。

公金受取口座で本人ではない家族名義の口座を登録してしまったエラーが約13万件も確認されるなど、トラブルは枚挙にいとまがない。しかもトラブルのバリエーションも豊富で、どんなにずさんな法人が運営を任されているのか、悪い意味で興味深いものがある。「マイナ保険証」には他人の情報が登録されることも数多く起きている。医療機関の窓口では、資格があるのに「無効」「資格なし」と言われ、10割負担を請求されることもあるという。暗証番号が分からず操作に立ち往生する人も多いし、顔認証もできない人がいる。保険証の原本とオンライン上のデータも食い違う。入力されている名前が違っている。高齢者施設も大混乱に陥り、施設利用者の意思確認ができず、申請自体が無理な人も多い。

どういう利権が絡んでいるのかは知らないが、国が強引に推し進めたシステムなのに、国民が負担を強いられ、混乱させられる。そして、医療機関など各方面がリスクと事務的な負担をかけられる状況に、岸田首相はみじんも責任を感じていないような口ぶりではないか。

そもそも、うまく機能していた健康保険証を無理やり廃止に追い込もうとし、国民を困惑させる政府の意図するものは何なのか。

マイナンバーカードなるものは、強制ではない、任意だと言って始めたのに、保険証を廃止して「マイナ保険証」しか認めないという方法で「強制」しようという虚偽で詐欺的なことをやってしまっている。もう来年（２０２４年）には、高い信頼性を持っている現在の保険証を廃止するという愚行は、未来に大きな禍根をもたらすだろう。これほどの不都合が多発しているのに、これから運転免許証や母子手帳に至るまで一体化しようと躍起なのは不気味ですらある。この巨大事業には、必ず莫大な利権が発生するだろう。どういう団体がどういう仕組みで「中抜き」をするのかは知れずとも、推進している人たちに何かが「還流」するのかと考えれ

「日露関係は」次の質問どうぞ ✖４
「原発は」 所管外です ✖７２

ば、合点はいくが納得はできない。

この先、オンラインでの銀行口座開設時や携帯電話の契約の際、本人確認の手段もマイナンバーカードに「一本化」するという。つまり、このずさんなマイナンバーカードが、国民の生活や経済活動にまで暗い影を落とすことになる。全てマイナンバーカードを元にさまざまな確認をするというようなことになったら、いずれは外出する際にマイナンバーカードを持っていることが義務化されることになりかねない。取り締まられたり、職務質問を受けたりして、不携帯というだけで「逃亡の恐れあり」などと逮捕の口実にされてしまうことにもなりかねないのではないか。

私からすれば、まるで乱暴で不安定な応対しかできない河野太郎デジタル相が「保険の情報の登録にはマイナンバーを出していただくということが義務づけられたので、これから新しい誤登録は起きない」と言い切った。そして、これほど多発している「トラブルの百貨店」なのに「マイナンバーあるいはマイナンバーカードの仕組みやシステムに起因するものは一つもない」と強弁しているが、これもまた相当にうかつな発言なのではないか。私にはもう、彼の言うことが全く信用できない。

神奈川県平塚市が、一部の課でマイナンバーでの公金受取口座の利用休止を決定した。ここは、河野太郎氏の出生地であり、彼自身の選挙区だが、単なる偶然なのだろうか。

2023年6月13日執筆

資産所得倍増？　投資非課税より「生活の安心」がほしい

「強制ではない」と言っていた「マイナンバーカード保険証」を、紙の保険証廃止によって、事実上の強制にしようという、だまし討ちのような行為を働いている岸田文雄政権は、その後、銀行口座などへのひも付けをも強制しようともくろんでいると思われる。これは被害妄想ではない。現実問題として企てが進行している、憲法に「緊急事態条項」を新たに設けることによって、国民の資産の凍結や没収が可能になる道筋をつける一環だろう。

そして「新しい資本主義」とやらに基づいて、今年（２０２３年）を「資産所得倍増元年」とするのだそうだ。国民に「貯蓄から投資へ」のシフトを、大胆かつ抜本的に進めるのだという。そのために、ＮＩＳＡ（少額投資非課税制度）を「抜本的」に拡充したそうだ。岸田首相は「より多くの皆様の、より多くの投資を、より長期間、非課税にします」とアピールしている。

岸田政権は、発足後「所得倍増」というキーワードを掲げてきたけれども、所得は倍増するどころか国民の生活は一層苦しくなるばかりで、収入の倍増どころか微増すら感じられない。逆に「負担倍増」という実感しかないではないか。後に岸田内閣の閣僚（当時）が「所得倍増と言っても2倍になるわけではない」などと珍妙なことを言い出した。そして今度は「資産所得倍増」という聞き慣れない言葉を使い始める。「所得倍増」という言葉は含まれているけれども「資産」という単語が乗っかってきた。つまり、政府が国民の所得を増やすのではなく、自己責任で老後のための貯蓄を投資に回して自力で増やしなさい、と勧誘してきたのだ。

国民の中で、資産倍増どころか貯蓄がゼロという単身世帯の割合が大幅に増えている。20歳代では、民主党政権だった2012年の調査では38・9％だったのが、自民党政権に代わって5年後の17年調査では何と61％に増えている。60歳代でも同じく26・7％から37・3％に増えた。現在ではもっと増えているのではないだろうか。国民のおよそ3割が「貯蓄ゼロ」という状況の中で、何が資産所得倍増なのか。岸田政権は一体誰を助けたいのだろうか。

ＮＩＳＡの運用先はどこなのか。国内の経済がこれほど滞っている時に、なぜアメリカなどへの投資を促すのだろうか。子どもの6～7人に1人が貧困にあえぎ、民間の篤志家による「こども食堂」に頼らざるを得ない状況なのに、投資を呼び掛け、その非課税枠を拡大して「資産所得倍増」を促すというのは、つまり「投資をする余裕のある人だけが資産を増やせますよ」ということではないか。こんなことをするよりも、大富豪から生活苦の人まで同じ率を支払わされている消費税を軽減すれ

ば、経済も回り、内需も増え、貧困などが原因で死ななくてもいい人たちの命を救うことにもなるという簡単なことがなぜ分からないのだろう。

中小企業やフリーランスの弱い立場で免除されていた人たちからも、インボイス制度の導入で新たに消費税を取り立てて、さらに首を絞める。そんな状況で、投資の余裕のある人たちへの非課税枠を増やしましょうという、岸田政権・自民党ならではの格差拡大政策だと思うが、こんなことでは少子化がさらに加速することが目に見えている。日本国の未来を真剣に考えていない証左ではないか。

そんな中、防衛費を43兆円に「倍増」させる岸田政権は一体どこを向いているのだろう。生活の苦しい中、とてもではないが投資になど手が回らない人がこれほど多いのに、そこへの配慮は後回し、というよりも金輪際やる気がなさそうである。

「普通に」という表現は好きではないけれども、本業だけで普通に生活ができる安心を、国民に取り戻してやろうという気概が全く感じられない。何が「より多くの皆様の、より多くの投資を、より長期間、非課税にします」なのだ。うそでも「より多くの皆様の、より多くの生活を、より長期間、安心にします」と言ってほしいものだ。いや、うそでは困るが。

2023年7月4日執筆

大阪・関西万博　「いっしょに、しずもな！」はご勘弁

なぜか「関西万博」とも呼ばれている大阪の万博は、２０２５年に開催が予定されている。開催には切実な理由もあるのだろう。だが、全国的に見ても、長らくの景気の沈滞・後退が著しい大阪が、世界中から人を集めて博覧イベントを開く意義は、皆目感じられない。大阪のみならず、京都、兵庫、滋賀、奈良、和歌山をもろとも巻き込んで責任を分散させようというつもりなのか。

お祭りをやるのではなく、まずは「経済の地盤沈下」からの復興に力を入れるべき時だと思うのだが、そんな底力は今の大阪にあるのかすこぶる疑わしい。事実、現時点（２０２３年７月）で海外からの参加を表明した１５３カ国・地域で、このうち50カ国余りがパビリオンを自ら費用を負担して建設することになるが、建設の許可申請が「０」だという。建設業界は人手も資材も不足しており、費用の高騰もあって建設会社との契約が滞っているのだ。

何とそれを、日本国際博覧会協会が建設工事の発注を代行しようという話が出てきた。建設費を肩代わりしようという支援策ではないのか。これはまさしく、成功が危ぶまれる巨大イベ

ントに国の金をつぎ込むように促しにかかるということだと疑う。困窮にあえぐ庶民の生活の救済など後回しにして、またぞろこんな公費の使い方をしようとしているのかと途方に暮れてしまう。

　建設費などを巡っては「クラウドファンディングや命名権を財源にする」という話もあった。さらに、前売り券の購入を地元企業にノルマとして割り当てるというところにまで来てしまっているようだ。１９７０年の大阪万博の収益を積み立てた「万博記念基金」にも手を付ける案もあるようだが、残高は約１９０億円。言って悪いが、これでは焼け石に水だろう。

　会場の整備費は、当初は約１２５０億円と見込んでいたのが、既に約１８５０億円に引き上げられている。この分だと、東京オリンピック・パラリンピックの例を出すまでもなく、さらに膨れ上がるのは想像に難くない。万博会場建設費の3分の1を国が補填（ほてん）すると、またもや「閣議決定」された。「昭和の夢をもう一度」と、東京五輪で痛い目を見たのに、またもやこんな愚挙に走るのだろうか。

　会場予定地の人工島・夢洲（ゆめしま）へのルートは、舞洲（まいしま）を結ぶ「夢舞大橋」と、咲洲（さきしま）から入る「夢咲トンネル」があるが、万博開催に向けて夢咲トンネルを使って地下鉄を夢洲まで延伸させるの

マスコットがちょっとこわかったのでぼかしたらもっと怖くなった。

だそうだ。景気の良い話ではないか。仮に開催に間に合わずとも、その後、この地にできる予定のカジノなどに通う人々の足にはなるのだろう。

会場の建設は「年末までに着工すれば間に合う」と楽観する関係者もいるようだが、東京五輪の時のように、現場で過労死を引き起こすような働き方が起きるリスクも高まるのではないか。

以前も書いたが、私の中では「万博」と言えば70年に大阪で開かれた「ＥＸＰＯ70」で完結している。当時は高度経済成長に突入して、先進国の仲間入りをさせてもらうために世界中から人を集めることに意味があった。しかし、インターネットやデジタル技術がこれほど進化・浸透した現代では、パビリオンの建設を請け負う会社や、イベント全体を取り仕切る広告代理店などの周辺企業が、公金からの「露」で潤うだけではないか。公共の利益になるとは到底思えない。

このイベントで出た負の遺産は、日本国民全体が税金として払うことになるのだろう。一度走り出したら立ち止まれない国柄ではあるけれど、無駄を承知で言いたい。大阪・関西万博も「マイナカード」も、リニア中央新幹線もやめよう。大阪・関西万博のメッセージ付きロゴマークには「いっしょに、いこな！」「いっしょに、いこう！」とあるが、「いっしょに、しずもな！」「いっしょに、しずもう！」にならないことを祈るばかり。

2023年7月18日執筆

ブライダル補助金　業界の支援でしかない

森雅子首相補佐官（参院議員）が、自身の「X（旧ツイッター）」に「先日、経産省サービス産業課よりレクを受けました。議連の要望が叶い新設されたブライダル補助金の第一次、第二次公募の結果について報告を受け、夏の概算要求に向けた対応も説明を受けました。これを受けて秋に議連を開いて議論して参りたいと思います」と投稿した。

「ブライダル補助金」とは何か。補助金をブライダルに出すということの趣旨がよく分からない。ブライダル業界はコロナ禍などでダメージを受けたので、救済してほしいと願う人たちはいて当然だとは思うが、なぜブライダルなのだろう。事業案には「結婚式をする2人への補助金、式場への支援、税制優遇など新しい支援」が盛り込まれているという。森参院議員のブログには、ブライダル業界側が解説したパンフレットのようなものが掲載されていて「論拠」として不可思議な文章が挙げられている。

「結婚式列席による未婚列席者の結婚意欲向上」という項目ではこうある。「結婚式は、招待客から見れば『夫婦の幸せな姿』『家族の絆』を最も感じ取ることができる場であり、未婚の招待客にとって、結婚意欲の醸成や出生意欲の醸成に繋がる」のだそうだ。

日本が少子化に陥ってしまっている原因を、本気で見ようとする政権与党の議員はいないのだろうか。結婚していて当然だと言われる世代が、結婚して子どもを産み育てることを延期したり、諦めたりしている理由を、本当にこの人たちは分からない。分かろうともしない。こんな自称「少子化対策」で、税金の使い道を不自然にゆがめる意味が分からない。税金がブライダル業界に流れる癒着でもあるのかと私は感じる。

結婚式を挙げる余裕がないから、婚姻届を出すだけで済ませている人たちの多さを知らないのだろうか。結婚式が豪華だ、派手だ、すてきだ——で、憧れたり触発されたりして結婚するのではない。純粋に「一緒にいたい」と思う人がいれば、婚姻届を出すし、生活に少しのゆとりがあれば子どもを育てようと思うのであって、ブライダル業界に公金が流れて潤っても、少子化は改善されない。森参院議員が「ブライダル業界からSOSのメールが届きました」と表明しているのもある気配を感じてしまう。そもそも少子化対策でもなんでもなく、最初からブライダル業界の支援でしかない。

一説によると、外国人による日本での結婚式を促すインバウンド対策だという話もある。だが、外国人の新郎新婦のすてきなドレス姿を見て、「よし、私も結婚して子ども

を産もう」と決意する人がどれほどいるのか。なかなかシュールな発想ではなかろうか。

　ブライダル業界の救済なのに、少子化対策を口実にするのは腑に落ちない。異次元の少子化対策というよりも違和感の少子化対策と言わざるを得ない。森参院議員は、ピントがずれているけれども仕事への意欲があるだけかと思ったら、国内大手のブライダル会社から献金を受けていたという情報も流れている。「マイナ保険証」もそうだが、自民党の議員がヘンテコなことを言い始めたら、そこには利権があると思ってよさそうだ。

　そういえば、森参院議員は、旧統一教会（世界平和統一家庭連合）のイベントで講演したり、教会施設内に自身のポスターが張られていたりして、教会との関わりについて説明が求められているのに明確な回答があったという記憶はない。

　旧統一教会が合同結婚式を開催し、日本人を含む約２６００人が参加したことが話題になっている。近い将来には、ブライダル補助金の還流があるのではないのかとすら思えてしまう。

　とにかく、彼女ら彼らが実権を握っている限り、日本の少子化は改善しない。なぜなら、原因を作っているのが本人たちだからだ。

2023年8月15日執筆

防衛費の増額　若者の貧困、どこ吹く風

以前は、コンビニエンスストアの前でたむろする若者たちをよく見かけたが、最近は少なくなったような気がしている。もちろん、私の行動パターンや生活習慣によって見る光景が変わっているのかもしれないのだが「コンビニは若者の場所」という印象ではなくなってきたように感じる。

ある大手コンビニチェーンの調査で、来店客の年齢別構成比は20歳未満が２００９年度は32％だったのに対し、10年間で24％に減ってしまったという。逆に50歳以上が28％から37％に増えているそうだ。もちろん、高齢者の気持ちが若返ったというわけではない。また、コンビニの値段設定は、便利な分、割高であることは否定できない。

現在の若者は、昔に比べれば随分と収入が少ない。所得から税金や社会保険料をどれだけ払っているかを示す「国民負担率」が5割近くになり、実質では6割であるとも言われている中、若者の生活は苦しくなる一方だ。しかし、食料を減らすわけにもいかず、節約、倹約に努めるしかないのだ。スーパーマーケットやドラッグストアに行って食料品をまとめ買いして自

炊し、爪に火をともすように暮らさざるを得ず、コンビニで買い物をするのは「ぜいたく」なことになってしまっているのだろう。また、不動産業者によると、若者はマンションやアパートを選ぶ時に、新築を避け、あえて風呂なしの物件を選ぶのだという。これは、はやっているわけではなく「自宅に風呂があるのがぜいたく」というところまできてしまっているのだろう。

特殊詐欺や強盗の実行犯にされる「闇バイト」にはまり込んでしまう若者が後を絶たないのも、収入が少ない事情から考えれば、もちろん行いとしては間違っているのだが、仕方のない現象であるのかもしれない。また、「闇バイトは犯罪だ」と認識できている若者は8割近いという調査があったが、つまりは2割の若者がそれすら分かっていないということも見逃せないだろう。

物価は上がり、実質賃金は30年間ほぼ下がり続け、国公立の学校ですら学費が上がって、若者が夢も希望も持てない世の中になってしまっている。ある調査では、20代の非正規雇用者の「昨年の収入」は、50万〜１００万円未満が最多の30%で、１００万〜１５０万円未満が24%だった。

奨学金という名の借金を背負ったまま、30歳を過ぎても返済し切れていないという人も多く、そんな環境で子どもを産み育てるという発想すら生まれないのは当然だ。最近は希望者が少なく定員割れしている自衛隊に入隊すれば借金を棒引きにしてもらえるというような「経済的徴兵制」を導入するために、若者を追い詰めているようにしか私には見えない。奇妙な税金の使い方で政権に近い「お仲間」に中抜き、還流させるようなことをしなければ、教育の無償化など簡単にできるはずだ。

国の税収が過去最高だというのに、貧困率は最悪の状態である。国民の福祉に関して、これほどに何の関心も示さない政治が、なぜ続くのだろうか。もちろん、国民が許しているのがその原因の一つだが、それは長い間かけて培養、まん延させられた無力感によるものだろう。

そんな状況で、政府は、敵基地を攻撃できるミサイルをアメリカから購入するのだという。防衛費を倍増させようとする自民党と岸田文雄政権は、国民の貧困などどこ吹く風で、他国にどこかの国を威嚇、もしくは攻撃してもらって戦争が起きるのを待っているとしか思えない血迷い方に見える。彼らの周辺は戦争で潤ったとしても、悲惨な目に遭うのはいつも国民だ。国会議員の収入は、各種手当を含めると日本は世界一だというのに、若者の貧困は深刻そのものだ。目覚めようよ、日本国民。

2023年9月5日執筆

経団連が消費増税提案　輸出企業だけはもうかるのでは

経団連（日本経済団体連合会／十倉雅和会長）が提言を発表し、少子化対策を含めた社会保障制度の維持のための財源として「消費税引き上げも有力な選択肢の一つ」と指摘したというニュースが流れてきた。全くやる気のない「異次元の少子化対策」が、二次元（紙）に書いただけになって久しい。岸田文雄政権や自民党は、すこぶる的外れで、とんちんかんなことばかり言ったり、やろうとしたり、やっているふりをしたりの繰り返しだが、この国の将来については本当に「どうでもいい」と考えているようだ。

少子化対策には、増やそうとしている防衛費の金額に比べれば桁違いに少ない予算で効果的なことがいくらでもできそうだというのに、とにかく子どもを産み育てにくくする方向にしか物事が動かない。

そこへ、経団連が消費税を引き上げようという天下の愚策を提案したのだから開いた口が塞がらない。「経済」という言葉の本来の意味を一瞬でも考えれば、こんなに恥ずかしいことは口にできないはずだが、沈みかけたこの国ではもう背に腹は代えられない、「自分たちだけ太ろう」という欲にまみれた意識丸出しなのか。

経団連のホームページで、消費税増税を提案した組織のトップが「会長挨拶（あいさつ）」として「行き過ぎた株主資本主義や市場原理主義によってもたらされた『生態系の崩壊』と『格差の拡大・固定化・再生産』の克服は喫緊の課題です。これらの課題に真正面から取り組み、持続可能でレジリエントな経済社会の再構築を進めてまいります」と述べている。予算がないなら消費税率を上げて賄おうという、財務省に洗脳されたかのような硬直した発想のどこがレジリエント（柔軟、しなやか）なのか、ぜひとも解説していただきたいものだ。

多くの国民は実質賃金の悪化と物価上昇で、もう後のないところまできている。しかし、大企業の内部留保は過去最高を更新した。企業は法人税減税で優遇する一方、税金が足りない部分の穴埋めには消費税の税収が使われてきたのだと思えて仕方がない。「国民の福祉を充実するための税金だ」と説明して導入したのではなかったのか。

大幅な円安傾向が続き、輸出で稼ぐ大企業は好調だが、輸入品の値上がりで国内の個人消費は減ってしまった。大企業の内部留保が何と約５００兆円もあり、格差はどんどん広がり固定化されている。

輸出企業は、海外で販売する商品には消費税が発生しないため、仕入れなどに支払った消費税分は戻ってくる「輸出還付金」という麻薬的な利益に浸っている。その一方、主だった国の中で日本だけが約30年間も経済は悪化の一途をたどり、実質賃金もほぼ下がり続ける。日本の子どもの7人に1人が貧困にあえぐ中、消費税は収入のない乳幼児からも税を取り立てていることに気づいてほしい。また、少子化の原因の中で、若者の経済的不安が最も大きい。消費税率を上げれば、低所得者の負担が割り増しとなり、さらに世の中に金が回らなくなるだろう。

「少子化」を口実に、輸出で稼ぐ大企業にさらなる利益を上げさせようという悪辣（あくらつ）な発想はぜひとも糾弾されてほしいものだが、経団連の提言を無批判に紹介する報道のあり方もどうかと思う。「広報」をマスコミがそのまま垂れ流しているせいで、消費増税やインボイス増税について「社会保障の財源が必要」と思い込まされている人が多いが、これからも輸出企業は「還付金」で莫大な利益を上げるのだろう。輸出企業だけがもっともうかり、国民の負担が増やされるだけではないのか。

「もっと税率の高い国はいっぱいある。日本はまだ低いほう」といううそに惑わされないでいただきたい。税率が高い国は、教育、福祉、医療のサービスが、日本では考えられないほどに充実している。大企業を優遇するための税金ではないのだ。

2023年9月12日執筆

インボイス制度スタート　新手の弱い者いじめか

「インボイス」という意味の分かりにくい名称を付けてけむに巻いて、気が付けば弱い者はまたもやさらなる辛苦を味わう。２０２３年10月から消費税のインボイス（適格請求書）の制度が導入される。これまで消費税の納税を免除されていた零細の法人や個人事業主も制度に参加すれば納税の義務が生じることになった。これは、消費税の税率を上げずに増税できる巧妙なわなではないか。

この制度を止めるための署名が50万人を超えたそうだが、岸田文雄首相はどこ吹く風、国民の声などまるで「ノーボイス」の形だ。何と岸田首相は、この署名の受け取りを拒否したというのである。全国各地で国民の、現場の声を聞く「勉強の夏」とうそぶいていたが、岸田首相は全くそんな勉強はおろか、耳を傾けた形跡すらないのではないか。

ある世論調査では、インボイス制度に賛成と答えた人が約3割、反対と答えた人が約4割という結果になったが、「分からない」が約3割だった。なるほど、この結果だけを見れば「国民に理解されないうちにやってしまえ」感が半端ではない。だから「インボイス」という、日本語では端的・的確に表しにくい名称にしているのだろうと察する。

消費税は、支払う側が赤字であっても、大もうけしていても、同率の税額を徴収されるというものだが、これまでは規模が小さく、もうけが少ない業者は何とか免れていた。それが、インボイス制度に参加すれば税負担が生じることになる。事務作業は煩雑になり、人手も時間も取られてしまうだろう。企業には導入されている育児休業なども、個人事業主やフリーランスにはない。少子化をもっともっとひどい状態にしてしまう所業ではないか。まさに天下の愚挙、愚策だ。

これから花開くかもしれない個人個人の才能や発見・工夫を、開花する前に枯れさせてしまうような暴挙だと思うのだが、今の政権は国力を衰弱させたくて仕方がないのだろうか。不況の中、消費税の税率を上げて日本を30年間も成長させないようにブレーキをかけ続けてきた上に、また新手の弱い者いじめに走るようだ。「国民の福祉のために使う財源を守るため」などといううそにだまされている人は意外と多いが、法人税減税の穴埋めに使われているように私には思えてならない。

インボイス制度に反対する集会で、落語家の立川談四楼(たてかわだんしろう)さんは「（落語家も）コロナ禍で大打撃を受けた。ここへ、インボイスが来たら殺される」と語っていた。これは芸人だけの話ではなく、不景気でもう後がないところまで来ている人々をさらに追い詰めるような制度を、なぜ不況の嵐の中で導入するのか。政権は血迷っているとしか思えない。

　インボイス制度の導入にはっきりとした姿勢で反対し続けているのはれいわ新選組など一部の野党だ。一方、反対の意思表示をしているものの、野党第1党の立憲民主党の泉健太代表は「X（旧ツイッター）」に9月25日、「今夜、#STOPインボイスアクションに参加。（中略）立憲、国民、共産、社民の国会議員が参加。総理、聞く力を発揮すべきだ！」と、れいわを省いて投稿していた。これに対し、多くの人々が違和感を覚えて指摘したら、改めて「国会議員は、れいわ、の議員も参加。立憲、国民、共産、社民、れいわ、からの本日の集会への参加でした」と追加投稿した。

　通常なら「訂正します」「失礼しました」などがあって当然だと思うが「そんなに言うなら加えてやるよ」という雰囲気を感じる書き込みで、その所作に全てが表れている。だいたい「着実に導入すべきだ」と主張する支持団体の連合（日本労働組合総連合会）・芳野友子会長との関係から、立憲は「やっているふり」をしているだけなのではないのか。「違う」と言うならば本気を見せなさい。

2023年9月26日執筆

埼玉・虐待禁止条例改正案　ある意味「異次元」ではあった

埼玉県議会に、埼玉県虐待禁止条例の改正案なるものが提案された。その内容を聞いて仰天した。改正案とは名ばかりで、どう考えても改悪案としか思えない、実態を全く把握していない、想像力を欠いたものになっていた。

小学3年生までの子どもを自宅などに置いてゴミ捨てに行くことは放置に当たり「虐待」として禁止する。子どもだけの登下校も「虐待」だとする。公園などで子どもだけで遊ばせるのも「虐待」。なんだ、これは。

普通に子育てをしていれば無理であることが明白なのに、なぜこのようなずさんで、でたらめな条例案を提出しようということになるのか、全く理解できない。それでなくとも大変な思いをしている親をさらに追い詰める内容で、まるで少子化に拍車をかけたがっているとしか思えない。

子ども、親、家族の関係や形を「こうあるべきだ」という固定的、限定的なものにして、それぞれの状況に応じた暮らし方や、人生を認めない狭量な社会にしたいのか。

ある種の宗教団体や旧統一教会（世界平和統一家庭連合）、日本会議などと価値観を共有する「親学」という考え方を元にした右翼思想によるものとしか思えない条例案だが、そこに公明党の議員までもが同調する奇妙な現象だった。

子どもだけで登下校したり、子どもだけで公園で遊んだり、子どもが留守番をしたりすると「条例違反」扱いされ通報されてしまうのならば、シングルマザー、シングルファーザーらの子育ては不可能になってしまう。「家庭の形」に拘泥する思想に、県議会議員の多数がくみしているということがよく分かる。

そんな中、週刊誌「女性自身」に、面白い記事が出た。この条例改正案をけん引していた自民党県議団長の田村琢実議員は、SNSの「X（旧ツイッター）」のプロフィル欄に「ガンダムとエヴァンゲリオン、クレヨンしんちゃん好き」と掲載していて、「クレヨンしんちゃん」のキャラクターグッズも所持しているらしい。主人公は5歳で、子どもだけで公園で遊んだり、留守番をしたりというシーンがあり、虐待禁止条例の改正案に照らし合わせれば、しんちゃんの両親の行為は「虐待」になってしまう。

おら　せつめいぶそく
だったぞお
ごめん　かあちゃん

この条例案は、子育てなど全くしてこなかった者どもが考えた浅薄な思いつきだったのだろう。女性活躍などと口先で唱えるだけで、実際は女性の就業機会を減らして家に

縛りつけたい本音が透けて見える。埼玉は学童保育の待機児童数が全国でワースト2位なのに、これで通報が頻発したら「何が問題か」ということに注目が集まるだろう。支援体制の整備もせずに、このような条例を作ることで何かを既成事実化しようということなのか。

あまりにもとんでもない「改正案」なので、自民党内でも異論が噴出していた。10月13日の県議会9月定例会本会議で採決される予定だったが結局、議員提案していた自民党県議団が、議案を取り下げる方針を決め、田村自民党県議団長が記者会見で発表したというニュースを今日（10日）聞いた。それは何よりだが、よほど県民や世論の反発が強かったのだろう。

かつて埼玉県議会文教委では「修学旅行の事前学習が反日思想を植え付けるという問題がある」などと教育現場に介入して、指導徹底させる決議を可決したこともあった。複数の議員が修学旅行の感想文を提出させるという検閲まがいのことも行ったという。

自民党の、子どもを取り巻く環境に関する認識の的外れは伝統的ですらあるが、こんな人たちに少子化対策などできようはずもない。本当は、そういう意味で「異次元」と呼んでいるのかもしれない。

2023年10月10日執筆

「口座に存置、裏金ではない」岸田首相の低劣な言い訳

「政治とカネの問題」と言うと「違う、自民党とカネの問題だ」と怒る人がいるが、もっともな話だ。腐り切った自民党の金集めと、政治資金規正法にのっとって管理し、収支報告書への記載をしっかりやっているであろう大半の議員たちとをひとまとめにして、政治全体への不信感を募らせることに抵抗感を持つ人がいるのは当然だろう。

自民党の裏金（キックバック）あるいは中抜き、あるいは脱税行為とも言える問題は、ここまでひどいとは想像していなかった。しかし、派閥の幹部だか「患部」だかは、まるで無罪放免のような状態になり、国民の間にさらなる無力感、ひいては検察もひっくるめた統治機構全体への不信感もかつてないほどに強まっているのではないだろうか。一瞬でも、検察を応援したい気になった自分が恥ずかしいほどだ。

「国民の」と書いたが、一部の国民ではない。２０２４年1月下旬に毎日新聞が行った世論調査で「疑惑を持たれている派閥幹部が説明責任を果たしていると思うか」と質問したところ「果たしていると思う」と答えたのは、４％だった。４％――。これはなかなか出ない数字で

はないだろうか。「果たしているとは思わない」と答えたのは何と91％に上った。

説明責任を果たさない議員たちの責任は大きいが、マスコミ各社、報道陣の追及の甘さも、説明逃れに手を貸してしまっているのではないかというほどの数字である。せめて公の場所では神妙な顔つきになっても当然であるのに、立件されないとなればこっちのものとばかりに、派閥幹部らの国会での高笑いとじゃれ合いの様子は、テレビなどで広く国民の知るところとなった。

多くの人が指摘をしているが、彼らのやったことは脱税ではないのか。「会計責任者らスタッフがやったことで自分は知らぬ」と言うのならば、なぜ議員たちは彼らを告訴しないのか。国民はパン一つ、コーヒー1杯の支払いをごまかせば逮捕され得るのに、自民党の国会議員は数千万円を裏金にしても逮捕されることはない。

そんな中、国会で共産党の塩川鉄也（しおかわてつや）衆院議員から、岸田派の3059万円のパーティー収入を収支報告書に記載していなかった件について問われた岸田文雄首相は「パーティー収入については基本的に全て銀行口座に入金しており、口座に存置されている。これが流用されたとか裏金となったとかいうことではないと認識をしている」と答えた。所得があって申告せず納税

高笑いがきこえてくる。

を免れても、使っていないから脱税ではない、と言ったに等しい。首相の言い訳として、これほど低劣な言い訳があるだろうか。使っていなくても裏金は裏金である。「銀行口座に残っていて使っていないから裏金ではない」というのであれば、窃盗犯も詐欺犯も、せしめた金を使っていなければ犯罪ではないということになってしまうではないか。これは裏金という言葉の定義を変えてしまう、悪い意味で画期的な「事件」だ。収賄を問われても「金は返した」と逃げられる。責任ある立場にいる人々の暴言も「撤回する」と言えば逃げられる。これでは高笑いも止まらないのだろう。

責任を取って自分から議員辞職する派閥幹部はいない。「派閥」の弊害だと問題をすり替えて、ネーミングをいじって「政策集団」に看板を掛け替えてごまかすだけ。自分たちに金を出してくれた業者や団体が潤う政治ばかりを繰り返す。そして、検察も当てにならない。

もういいかげんに、次の選挙までこれらのことを牢記（しっかり記憶）して、腐敗した者どもに鉄ついを下してやらないと、この国は本当に壊死してしまう。

２０２４年１月30日執筆

財源の制約　万博や防衛費では聞かないようで

2024年2月4日に放送されたNHKのテレビ番組「日曜討論」で、れいわ新選組の大石晃子衆院議員が自民党による裏金問題を追及した。「自民党の方が『疑念を晴らさなければ』と言っているが、生ぬるい。全部洗いざらいに(白状)して自首せえ!と。これに尽きます」と厳しく批判した。さらに「本来しないといけない話、消費税廃止、減税、一律給付金、社会保険料減免の話をしないといけないのにスタートラインにも立っていない。このままダラダラと通常国会に入ってやられる議論は、脱税している自民党による増税や戦争ビジネスや改憲。それはおかしい。今回やるべきことの焦点をあえて言えば、本当にさっさと自民党は解党していただきたい」と厳しく問い詰めていた。

NHKの生放送で、これだけしっかりと批判できている状況に感心をしたけれど、同席していた自民党の浜田靖一国対委員長はちらちらと大石氏のほうに目をやったものの、番組後半では見向きもせずに司会者のほうを向いて「こいつ、黙らせろ」と言わんばかりの無表情を決め込んでいたように見えた。この様子からも、すこぶる痛いところを突かれたのだろうというこ

とは手に取るように分かる。

ほぼ30年で、自民党が法人税を7度減税し、その「代わりに」消費税を3度増税した。稼いでいるところに甘く、つらい状況の庶民へはさらに厳しい税制にしてしまった。もちろんこのような状況では格差社会にならないわけがないし、実際にそうなってしまっている。

なので法人税率を元に戻して消費税をやめるか減免するだけで、さまざまな問題が解決するのに、自民党は献金してくれたりパーティー券を買ってくれたりする業界や団体の意向に沿っての政治しかする気が全くないのだろう。

賃金の上昇よりも物価の上昇のほうが高いので、貧困に陥るリスクが高くなるのは簡単に分かることだ。

「消費税をなくすと言うなら、その財源は？」といまだに言っている「財政赤字信者」は多い。

もちろんこれは、政府や財務省が増税しやすくするために拡散する詭弁だろう。過去最高の税収を上げているのに「増税メガネ」とも言われる岸田文雄首相は増税に躍起である。消費税は「社会保障に使われる」という口実を、真に受けていた時期もあったが、今では「法人税減税の穴埋めである」ということにしか思えない。

庶民からは厳しく取り立て、インボイス（適格請求書）

なる面倒でしかない無慈悲な制度を半ば強制的に押し付け、物価高も相まって過去最高の23兆円あまりの消費税の税収だ。しかし、なぜか社会保障費は削られ、国民生活はさらに厳しくなっている。いったい何に使っているのだろうか。国民から搾り取った消費税はほとんど社会保障には使われていないのではないか。

財政赤字と言うけれど、多くの人が自分たちの家計をたとえに「厳しいのだな」と想像してしまう。しかし、国家の財政と庶民の懐具合を同じように考えさせるのは、権力者の悪知恵である。国家は通貨の発行体であって、足りなければ通貨を製造すればいいのではないか。

考えてみれば「少子化対策をしたくても財源が」「教育の無償化をしたいが財源が」、または「医療費を安くしてほしい」などという国民が求めることには、政府・与党は「財源」の制約を必ず持ち出す。それなのに「オリンピックの経費が何兆円にも膨れ上がる」「大阪・関西万博の予算が当初の何倍にも上振れする」「我が国を取り巻く安全保障環境の変化に鑑み、防衛費を増大させる」ということに、政府・与党が「財源がない」という話を持ち出さないのはなぜなのだろうか。

2024年2月6日執筆

新札発行のコスト　生きた金の使い方なのだろうか

新デザインに移行した紙幣の今回の肖像は、１万円札が渋沢栄一、５０００円札が津田梅子、１０００円札が北里柴三郎になった。旧札の３人は教科書などでもなじみ深かったが、新札の３人はそれに比べると少し遠いような気がする。初めてデザインを見た時は、何か日本の札ではなく、「アジアかどこかの国のお札」という感じがした。数字もどこか無機的というか、つるんとした感じで安っぽい印象を受ける。これは、これまで「壱万円」「五千円」「千円」と書かれていた漢数字が最も大きな表記だったのに対し、アラビア数字のほうが大きく配置されているため印象が変わるのだろう。これまでも、小さくではあるがアラビア数字の表記もあった。

しかし、今回は１万円と１０００円のアラビア数字の「１」でデザインが異なる。１万円札は「１」の左上に、「ノ」に似た飾りが突き出しているが、１０００円札にはそれがない。両者を見間違えないようにする意図だろうか。

かつて１万円札が福沢諭吉、５０００円札が新渡戸稲造、１０００円札が夏目漱石だったが、２００４年に１万円札はそのまま、５０００円札が樋口一葉、１０００円札が野口英世に変わった。その理由は、訳知りの知人が教えてくれたところによると、紙幣はだいたい20年くらいで新しくしないと印刷技術が時代遅れとなり偽造が横行するからだという。以前は女性の肖像はシワが少なかったり、ひげがなかったりして偽造しやすく採用されなかったというが、今の技術と社会の通念上、採用されないのはおかしいということで決まったらしい。野口英世については、これまで科学者が描かれてこなかったので待望の人選だったとも聞いた。

そうすると、樋口一葉と津田梅子は女性枠、野口英世と北里柴三郎は科学者枠になるのだろうか。聖徳太子、伊藤博文、岩倉具視、板垣退助になじんできた昭和の人間からすればその進歩に隔世の感がある。

しかし、偽造を防ぐならデザインなど変えずに印刷技術や材質、透かしやホログラムなどを向上させればよいのではと思うのだが、変えることで予算を使う機会になるのか、デザインのスクラップ・アンド・ビルドを繰り返している。今回の変更で、現金自動預払機（ATM）や自動販売機の改修などに1兆2600億円のコストがかかるらしい（新500円硬貨も含む）。だが、本当にこれは生きた金の使い方なのだろうか。民間の調査では経済効果が1兆6300億円だと言われているが、これも本当？と思ってしまう。

映画『帝都物語』渋沢栄一役
勝新太郎さんのセリフ

「霊的な改造……」

新５００円硬貨は3年前（２０２１年）に出たが、いまだに使えない機械が多い。だが紙幣や貨幣を新しくすると、自動販売機なども新しい機種を導入せざるを得なくなるので、「景気対策」になるのだという。

ただ、大手の会社は新機種導入に耐えられるだろうけれど、ラーメン店など個人経営の飲食店で食券機を設置しているところでは１００万円以上、場合によってはさらに負担を強いられるとか。補助金などの制度もあるというが、昨今の原料費や家賃、光熱費、人件費などの高騰で、ギリギリで持ちこたえている店にとってはかなり厳しい現実に違いない。

世界的な潮流では高額紙幣は消えていくというが、そういう流れからすれば今回は予算を使い切る「ラストチャンス」だったのだろうか。キャッシュレス化が大幅に進むと、マネーロンダリングや脱税がやりにくくなるメリットがあるようだが、政治家の「裏金」も作りにくくなるはずだ。だから日本ではまだまだなくならないのだろうと予想する。

2024年7月16日執筆

第４章

恥を知る

不正請求、過酷な労働環境…　ビッグモーター膨らむ疑惑

中古車販売大手「ビッグモーター」（東京）による、数々の不正行為が明るみに出てきた。自動車保険金を水増しするための不正請求で注目されている。

それだけではない。同社が公表した調査委員会の報告書や、同社関係者への取材を基にした報道によると、疑惑は次のように膨らむばかりだ。顧客の車のタイヤを従業員がわざとパンクさせて交換代を請求▽従業員がやすりなどで顧客の車にわざと傷を付けて修理代を水増し請求▽靴下にゴルフボールを入れて振り回し、車体の損傷範囲を拡大▽自動車保険契約の目標額を下回った販売店の店長が、目標を上回った店長に現金を支払う「慣例」▽ビッグモーターの展示車とみられる車両がナンバープレートなしで公道を走行——。さらには店舗前の街路樹を除草剤で枯らして伐採したという疑惑まで持ち上がっている。社内ではパワーハラスメントやモラルハラスメントが常態化し、まともな労働環境ではなかったような印象が持たれる。

（2023年）6月になって初めて不正行為に関する報告を受けたと、7月下旬の記者会見で語った兼重宏行（かねしげひろゆき）前社長は退任も表明したが、ゴルフボールで車体を損傷させたことについては

「ゴルフを愛する人に対する冒瀆ですよ」と、あまりにもトンチンカンな感想を述べていた。車を愛する人や、安全運転を心掛ける人に対する冒瀆とは感じないのだろうか。自身がゴルフ好きなのだろうということはよく分かるが、問題点が何であるかが分かっていないのだということだけはよく分かる。難癖を付けようと思えば、靴下を愛する人への冒瀆だとは思わなかったのだろうか。

中古の部品に交換したのにもかかわらず新品であることにして請求するという手口も行われていたようだ。事実だとすれば詐欺案件だろう。経営陣は、目標が達成できない工場長をすぐ交代させたり、降格させたりという制裁を加えていたという報道もあるので、現場が不正を働かざるを得なかったのではないか。

隠そうとする
意思は
ありません。

保険代理店としてビッグモーターが販売した保険契約は、加入からわずか2、3カ月で解約される不可解な事例が多数あるという。社内で保険契約のノルマがあまりにも厳しいため、従業員がノルマを達成するために架空の契約を捏造し、最初の保険料を自腹で負担するが翌月以降の支払いをしないので、そのまま失効していたのではないかと関係者は語っている。

経営上層部の言い分は「知らなかった」「愕然とした」「報告を受けていなかった」などというもので、責任を逃れようとする印象が強い。理不尽で正規の手順を踏まない降格が頻繁に行われていたことによる恐怖が、従業員に報告をさせないムードを作っていたのか。それとも分かっていたのを知らないことにしているのか。

ビッグモーターのクレーム対応のマニュアルには「クレームは、お客様の不満足要因であり、その責任は社長にある。したがって、どんな小さいことでも報告する」などと記されているということを知った。ここまで決められているとしたら、社長が知らなかったとは考えにくいのではないか。

現役の社員によれば、前社長の息子で副社長だった兼重宏一（こういち）氏は、以前、損保ジャパンの前身企業に在籍していた。そして、損保ジャパンからビッグモーターへは２０１１年以降、30人以上の出向者を受け入れている。そこに「闇」はなかったのか、解明が待たれる。宏一氏は各店舗を回る時に、店長に飲食店の予約をさせ、その店が気に入らないと降格させるという、まるでドラマにでも出てきそうな人物だったようだ。成果が乏しい社員には、社内連絡で利用されていた無料通信アプリ「ＬＩＮＥ（ライン）」で「死刑死刑死刑死刑……」という異常なメッセージを送信したとも報じられている。

和泉伸二（いずみしんじ）新社長は就任早々、全社員に「風土改革だ」として、社内連絡で使っていたラインのアカウントの削除を指示したそうだ。これがどう勘繰られるか、という想像力はないようだ。

２０２３年8月1日執筆

「ＳＮＳで誤解与えた」　どこがどう「誤解」なの？

自民党女性局のフランス「研修」旅行中に、数人の議員仲間と、エッフェル塔を模したジェスチャーをした能天気な写真を撮り、それをＳＮＳに投稿した松川るい参院議員が、自民党の女性局長を辞任した。

「ＳＮＳ上の発信について不適切なものがあった。多くの誤解を与えたことについて反省している」と語っていた。この言い訳でまたもや飛び出した「誤解」という表現。聞いた者にさらなる反感を抱かせることになるということを、いいかげんに気づくべきではないか。事実や本音がばれてしまった時に、判で押したように繰り出す「誤解」という単語は、ごまかしと「本当は謝るつもりなどない」ということを可視化することにしかならない。

自民党本部に出向いて謝罪した時には「軽率だったと反省しています」と述べたそうだが、「軽率」ということは、写真を投稿してしまって、物見遊山だったことが公になってしまったことについて謝る、ということなのだろうか。

「経費は党費である」と言い逃れるが、その原資には政党助成金が入っている。週刊誌などの報道によると、ファーストクラスで移動して、高級ホテルで豪勢に会食をして、観光を楽しんで、自分の次女の世話まで大使館員に任せて、さらに次女の旅費も「研修団員」の頭数として費用に含まれていたという。同行していた今井絵理子（いまいえりこ）参院議員が投稿した写真に次女が写っていたのだが、やましいことでもあったのか、いつの間にか削除されている。

ご本人が「公務」と呼ぶ観光には子どもを連れて行きにくいからなのか、ホテルに一人で留守番させずに、日本大使館に預けていたという。もちろん大使館員らの給料も国費から出ている。自覚症状として、違和感は覚えないものだろうか。「誤解」というならば、どこをどう誤解したのか説明してもらいたいところだ。

問題となった研修終盤で、松川親子の姿が見えなくなっていたとも一部で報じられている。最終日の解団式では、なぜか副団長の今井氏が代理としてあいさつをしている。

松川氏は、2022年の外交防衛委員会で、海外出張費に自腹が含まれてしまう現状に不服を申し立てている。「(外務省職員を含む国家公務員は) 職務の性質上、海外出張費を職員が自腹で払った上、補塡が直ちになされないという現状がある」「出張というのは仕事であり、仕事に行って3000円だろうが2000円だろうが足が出ること自体がそもそもおかしい」など

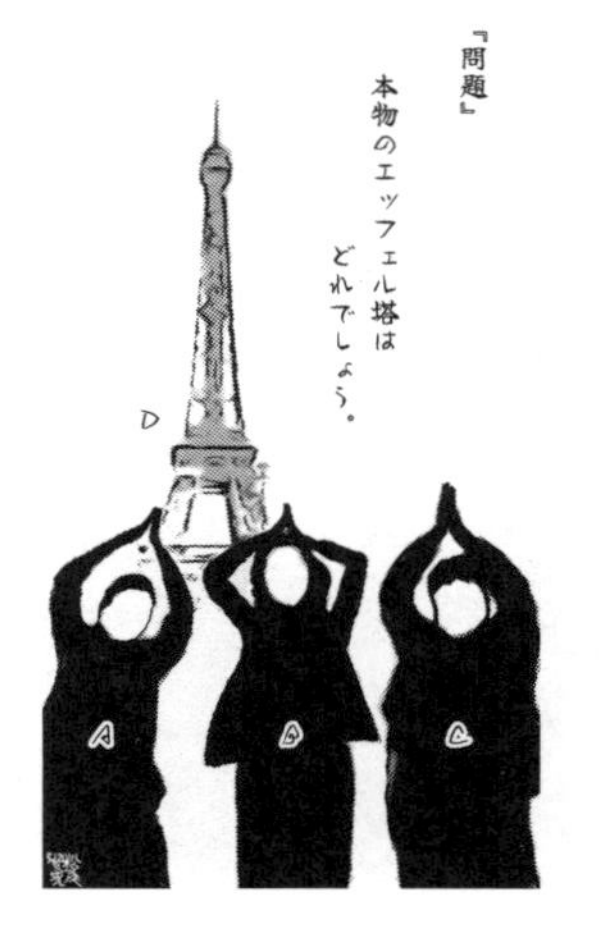

と語っていた。こういう案件に注目していた彼女が、なぜわざわざ、今回のような「誤解を招く」行動を取ったのか。

松川氏が「自民党の女性局長」を辞任することで責任を取ったふりをするというのはあまりにも軽すぎるし、党や党員に対してのみ謝罪するということにつながるのではないか。どう考えても議員辞職すべきだと私は思うが、離党すらしていない。選挙区の自民党枚方市支部（大阪府）は、松川氏を選挙区支部長から更迭することを茂木敏充幹事長に求めた。さらに松川氏を厳しく追及すると見られた大阪府連の会合が予定されていたが、松川氏に泣きつかれた茂木氏の横やりで中止になってしまったと週刊誌が伝えた。また、枚方市支部の出来成元支部長には松川氏から連絡が入り、「私、出来さんに何か悪いことしました？　今ネット（ひらかた自民党のホームページ）で上げているエッフェル塔前の写真を削除してもらえませんか」と言ったというやり取りを、あるテレビ番組が報じた。

そんな彼女は、次の総選挙で衆議院にくら替えして、派閥も安倍派から茂木派に移って立候補するという話が伝えられているが、なかなかの強心臓のようだ。

２０２３年８月22日執筆

サウナでの写真　削除後のお詫び文面も「ご不快」

またもやあそこか、という感もある日本維新の会所属の議員が、すこぶる情けない不祥事を起こしてしまったようだ。

「みんなの党」などを経て「日本を元気にする会」に参加し、その後は小池（百合子）ブームに乗って「都民ファーストの会」に入ったが、離党して会派「かがやけＴｏｋｙｏ」を設立。それから地域政党「あたらしい党」を設立し、そして現在は「日本維新の会」の政調会長を務めるという華々しい経歴（？）を持つ音喜多駿（おときたしゅん）参院議員（40）が、今月（２０２３年10月）24日未明に自身のX（旧ツイッター）のアカウントから「事務仕事に煮詰まってきたので、一旦手を止めて『サウナ〇〇〇〇（筆者による伏せ字）』でリフレッシュ。議員会館から徒歩圏内、5種類のサウナに3つの水風呂、広い休憩スペースがあって最高である。食事制限してないが、体重もいい感じに絞れてきた（56・7kg）。さて、もうちょい頑張ってから寝るか、寝て朝に頑張るか…」という文面を投稿した。さらに、体重計に乗った状態で足元を見下ろして撮影した写真も投稿した。

その写真には、体重の数値が表示されたメーターと、体重計の黒い表面、そこに乗る彼の足が写っていて、体重計に反射して局部も写り込んでいたのだという。

他者から指摘を受けて慌てて削除したというが、何という間抜けな話だろうか。音喜多氏はブログを更新して「誠に申し訳ございません（土下座）」「サウナに入る前に全裸で体重計に乗ると、お！　怪我（けが）の功名で（？）体重がいい感じに絞れてるやないけ！　と記録に写真をパシャリ」などと書き込んだ。

脱衣所なのか休憩室なのかは分からないが、そういう施設で動画や写真を撮影すること自体が非常識ではないだろうか。スマートフォンを使用しても問題のない場所だという言い訳があるかもしれないが、人が全裸や半裸でいるような施設で撮影をすること自体が不適切だし、実際にそんなものが写り込む環境であることが問題行動である証左だろう。

「いかなる処分を受けても仕方ない」と神妙に反省をしているかに見えるが、「泣きっ面に蜂、弱り目に祟（たた）り目。しかし文字通りすべては身から出たアレであり、もし画像を見てご不快な想いをされた方がいましたら心よりお詫び申し上げます」とも記したが、この文面も相当に「ご不快」である。

数年前にはコンロに置いた鍋で調理しながら、自身の胸の前で赤ちゃんを抱えている写真を投稿していた。赤ちゃんの頭部、腕、脚は露出した状態だ。もし火を止めていたとしても、赤ちゃんの肌は繊細なのでこういう危険なことをすべきではないし、それを横から誰かに写真を撮らせてPRの材料にしようということならば違和感を禁じ得ない。よしんば火を止めていたとしても、鍋と自分の体の間に、幼児を挟んで作業をする必要があるのか。泣いても調理中は寝かせておいて何か不都合があるのか。写真を撮っている人がいるなら、一時抱いてもらえばいいだけのことだろう。

幼子を胸の前に抱っこして選挙カーに立ち、マイクを持って演説したこともある。子育てアピールに余念がないが、まだ聴覚の定まっていない子どもには酷な騒音ではないだろうか。私からすれば「赤子を選挙の道具にしている」と言われても仕方がない行為だ。

他に売りにできる材料がないのかもしれないが、浅はかで、あざといイメージ戦略に、ただあきれるのみだ。

2023年10月24日執筆

税滞納常習者が副財務相　筋の悪いコントだ

四字熟語の「適材適所」という言葉は、民間においては「能力や資質に見合った任務や役職、地位に就かせること」との意味で使われるが、現在の首相にとっては全く違う意味の「業界用語」になっているのかもしれない。納税を所管する財務省をつかさどる副財務相の地位に、かの神田憲次（かんだけんじ）氏を就かせたというのは、岸田文雄首相の任命責任は追及されるべきものだろう。私たちの感覚で言えば、こんな人物が政府や内閣の要職に就いていたことは、まるで筋の悪いコントでしかない。

一般的には、税金の滞納で催促の通知が来ようものなら、小市民としては大いに慌てふためいて、すぐさま納付するか、役所に相談電話の一つもかけることになるが、彼の場合はそうではないらしい。そして、そんな出来事が一度でもあれば相当に懲りるのが当たり前だと思うが、彼にとっては「うっかり」で何度も繰り返すことのようだ。

固定資産税の滞納の常習者で、４回も差し押さえを受けていた人物が副財務相という強烈な冗談のような出来事が明るみに出てから、野党やマスコミから追及され、多くの国民からあきれられつつも、岸田首相は放置しようとしていたのだから、その責任はさらに問われるべきだろう。おまけに、小西洋之（こにしひろゆき）参院議員から固定資産税の滞納は何法の義務に反するのかを問われて「今申し上げることは言葉ではできません」と答弁している。これはもちろん責任から逃れる虚偽である可能性が高いだろう。なぜなら彼は税理士の資格も持つ人物なのだから。すぐさま小西議員が質問の答えを総務省の審議官に求めると「地方税法」と即答されてしまった。

結局、そのやり取りの数日後に、まっとうな説明も釈明もないまま辞表を提出し「更迭」となったが、このような人物を税金で養う筋合いはないのではないか。一刻も早く国会議員を辞職すべきだろう。もし彼がこのまま国会に居座るのであれば、愛知5区の有権者は次回の選挙で絶対に彼を国会に戻すべきではない。

岸田首相はこの件を放置しようとしていた。この時点でも既に内閣支持率はかつてないほどに低迷しており、3週間で立て続けの政務三役辞任というダメージを受けたくないという意図が分かりやすすぎた。官邸幹部にも「資金繰りの厳しい中小企業なら結構あること」とかばう向きがあったらしいが、「うっかり郵便物を見忘れた」「議員になって忙しかった」と言い訳をしているので、そういう事情でもないだろう。

この件について政府としての説明を記者会見で問われた松野博一官房長官は「本人が引き続きしっかりと説明責任を果たすことが重要と考えます」などと寝ぼけたことを言っていた。いや、寝ぼけてはいない。しっかりと原稿に目を落としつつ読み上げていたのだから。これは政府としての責任においてしっかり説明すべきではないか。「引き続き」と言われても、いつ神田氏が「しっかり説明責任を」果たしてきたというのか。

岸田首相は記者から「これでも適材適所か」と聞かれて「人事は適材適所で行われなければならない」と答えたふりをしているが、これまた答えになっていない。「と言えるのか」という質問に「で行われなければならない」と、まるでこれから人事に取り組む意気込みを問われたかのような返し方だ。首相番の若手記者だったのだろうか、突っ込み返す度量はなかったようだ。

こうなると、岸田首相が為政者として無能であることを疑わざるを得ない。首相としての適性がないのだ。任命する側の彼自身が、不適材不適所なのである。

２０２３年11月14日執筆

馳知事の「機密費」発言撤回　誤認？ 何をどう？

日本には「内閣官房機密費」というものがあるらしい。内閣官房長官室の大金庫で保管されているであろう大金のことだ。内閣官房長官の判断で使われるもので、何に使っても責められることがなく、使った際の領収書は必要ではないらしい。インボイス（適格請求書）制度も関係ないのだろう。何のためにあるのかと言えば、国政や国の事業を円滑かつ効果的に遂行するためにその都度、内閣官房長官の裁量や判断でいつでも使える経費だという。国の「事務」や「事業」ならば隠し立てする必要がないのに、なぜか使い道や支払先が公開されることが一切ない。

原資は、私たちが納めた税金である。その使途が隠されたままでいいという奇妙な決まりはなぜあるのだろうか。正しいことに使っているのならば公にできないはずがない。いちいちリアルタイムで公表せよと言っているのではない。後で「事務」や「事業」が「円滑」で「効果的」に執り行われたという結果が出てからでもいいのだが、なぜか秘密にされたままだ。「そりゃあそうだろう、機密なんだから」と言う人もあるやもしれないが、官房機密費は正式名称

勝ち取った！ で、撤回した！

ではない。正しくは「内閣官房報償費」という。報償とは「損失に対する弁償」「仕返し」という意味らしい。つまり、何かを誰かに頼んで無理を聞いてもらった埋め合わせに使うということなのだろうか。例えばマスコミ各社にも配られ、政府批判に手心を加えるようなことがないと言えるのだろうか。公表されないのなら、相手も安心して受け取ることだろう。

石川県の馳浩知事が東京都内での講演で、２０２１年に開催された東京オリンピックの招致活動で、開催都市決定の投票権を持つ国際オリンピック委員会（ＩＯＣ）の委員たちに、それぞれの選手時代の競技で活躍する写真などを収めたアルバムを作って「贈った」のだという。1冊20万円もするものだそうで、「１０５人」に贈ったのならば、単純計算で２１００万円かけたということになる。当時、首相だった安倍晋三氏から「馳、必ず勝ち取れ。金はいくらでも出す、官房機密費もあるから」と命ぜられたのだという。既に汚職にまみれた東京五輪だが、ここへ来て閣僚経験者でもある現役の県知事が責任ある立場で、聴衆の面前で自らも加担した贈賄の疑いについて吐露したのだから大騒ぎになっている。

ところがこのご仁、どこから横やりが入ったのか脅されたのか、あっさり発言を撤回してしまった。「私自身の事実誤認もある発言で全面的に撤回する」のだという。さて、これは撤回できるものなのだろうか。表現の行き過ぎなどで失言があった場合、「撤回しておわびする」となることはよくあることだ。

しかしこの場合、一体何をどう誤認するのだろうか。当時の安倍首相から「馳」と直接名指しで命令を受けて自身が実行した行為を語った中のどこをどう撤回するのか。本当に事実誤認だったのなら、そんな精神状態だか、そう認識していた人物をトップに据えている石川県民は心もとなかろう。事実誤認でないのだとすれば、大うそをついていることになる。どちらに転んでも大問題ではないか。

記者たちから「事実と誤認する部分がどういうところか具体的な説明を」「誤解を与えるような内容とは、どういう誤解を与えるものか説明を」と再三問われても、「五輪招致に関わる問題でもあるので、改めて全面的に撤回した」などと繰り返すのみだ。国会議員を何期も務め、県行政の責任者でもあり、元国語の教師でもある馳氏に、どんなプレッシャーをかければこんな恥ずかしい言い逃れをさせることができるのだろうか。

2023年11月21日執筆

お答えを差し控える　自身の疑惑を問われているのに

「税金泥棒」という俗語がある。若い頃に「放送禁止用語」の一つとして先輩から教えられたが、実はそんなものは存在しない。昭和の頃は、横暴な扱いを受けた市民が、警察官ら公務員に対して侮蔑的に言い放つことがあったので、放送に適さないと判断して各放送局が自主規制をしていただけなのだろう。現場で公務を遂行する人たちに対して、この言い方はもちろん好ましからざるものだが、まともな成果も上げずに世界最高とも言われる水準の給料をもらっている権力者に対しては、場合によっては許される表現なのかもしれない。

自民党の複数、というよりもほとんどの派閥で、政治資金パーティーで金を集め、収入を政治資金収支報告書に適切に記入していなかったり、パーティー券の販売ノルマ超過分を所属議員にキックバック（還流）するなどの手法で裏金づくりが横行していたりしたのではないかという、政治資金規正法に触れる問題が明らかになった。東京地検特捜部が捜査していることについて問われた松野博一官房長官は「捜査機関の活動に関することで、お答えは差し控えたい」と発言した。つまり「答えない」と言ったのだ。近年、清和政策研究会（安倍派）の事務総長を務めた彼には回答する責任があるはずだが、答えない。

もちろん記者たちは「なぜ答えないのか」と突っ込んで食い下がるべきところだ。それも、一番大きく注目されている安倍派の裏金づくりに関しての質問である。言い逃れの口実として、党の問題で、内閣官房長官としての記者会見であるから答える必要はないというのは成り立たない。政権運営に直結する問題である可能性が高いのに、立場が違うという理由は成り立たないのではないか。政党が政権を取って内閣を組織させているのだから、まるで別人格であるかのような逃げ方が成立するはずがない。

それも、松野官房長官自身の疑惑についても聞かれているのに「お答えを差し控える」のだそうだ。この言い方は一見殊勝な響きに感じるが、近年、政治家などの言い逃れで使われることがとみに多くなった気がする。やましいことがある時にこう言って受け流そうとするのだ。私からすれば「つまり、裏に何かあります」と言っているように感じる表現なのである。

「控える」とは、何だろうか。その状態を保って動きを抑える、自制する、遠慮する、他に「記録用に書き留める」という意味もあるが「ある状態に留めおく」という意味としての応用だろう。時代劇や落語に出てくる殿様や奉行が、目下の者に「ひかえい」と言えば、抑止で

今ここでは
官房長官だしー。
差し控えるしー。

あったり、遠慮を促したりする命令になるが、公人である政治家がその責任について問われている時に、まともな理由もなく「お答えは差し控える」と言ってごまかすのは「やましいことがあるので言いたくない」とほぼ同義になる。「官房長官は、キックバックを受けたことがありますか」という質問に、松野氏は「個々の政治活動に関して政府の立場から言及することは差し控えたい」と回答を逃げている。いや、あなた自身のことを聞いているのに「個々の問題」にして「政府の立場から」答えられないというのだ。出来の悪いＡＩ（人工知能）のふりをしているのだろうか。本人のことだから、事実を端的に答えれば済むのに、ここでこういうごまかし方をすること自体が、もう認めてしまっていることに他ならないと、私は思う。「捜査機関うんぬん」というのもおためごかしだ。ここで事実を説明したとて、捜査に悪影響が出るはずがないではないか。

「『お答えを差し控える』とコメントした」というような表現になりがちだが『『ノーコメントだ』とコメントした」では冗談にもならない。松野氏は12月４日午前の記者会見で「答えを差し控える」という趣旨の発言を６回も使って逃げ続けた。

何かの終わりの始まりが見えてきた様相だが、この原稿を書いてから紙面に載るまでに５日間のタイムラグがある。その間にどのような展開があるのか、それとも鼠(ねずみ)一匹なのだろうか。

2023年12月5日執筆

取材に「頭悪いね」　政治家とは思えぬ品性

久々に、悪い意味での強烈なキャラクターが再注目されている。政治資金パーティーで、清和政策研究会（安倍派）から過去5年間に4000万円を超えるキックバック（還流）を受け、政治資金収支報告書に記載しなかったことでマスコミの取材を受けたのだが、その受け答えのあまりのひどさに批判の目が向けられているのだ。

谷川弥一（たにがわやいち）衆院議員（82）は渋々というか不承不承、記者団のぶら下がりの取材を受け「キックバックはあったのですか」という質問に、「あの……、読み上げますよ。清和政策研究会のパーティー券の問題について、刑事告発を受けている案件でもあり、事実関係を慎重に調査・確認して、適切に対応してまいりたい」と、松野博一官房長官の答弁と同じ内容のメモを読み上げた。記者が続けて質問をすると、すこぶる不機嫌そうに「だから今言った通りって言ってるでしょ。今言った通りって」などと回答しなかった。

さらに記者団から「これからの議員活動については」と問われると、「だから今言った通りって言ってるじゃない。何で何回も同じこと言ってるの？」と述べた。「会派の中でそのよ

頭、悪いね。

うなことが……」と追加質問をする記者団に対して、谷川氏は「まあいいから。だから何を言ってもその通りって。頭悪いね、言ってるじゃないの。質問してもこれ以上、今日言いませんと言ってるじゃない。分からない？」と、居丈高な態度で記者たちに言い放ったのだ。
　こんな人が当選7回というから、よくも長崎3区の皆さんは根気よく支え続けたものだと思うけれど、もういいかげん、こんな品性の老人を税金で養うようなことはやめにしてほしいものだ。どれ程の仕事をしているのかは存じ上げないが、あるジャーナリストの解説によると「当選回数を重ねても入閣をしたことがないのは、何か（問題が？）あるんでしょう」とのことだが、人を見下すような人柄では周りの人もついてこないだろうと想像する。
　再注目と言ったが、前回注目されたのは以前、衆院内閣委員会で谷川氏が質問に立った時の振る舞いが、また悪い意味で個性的だったからだ。野党が政府を追及したりする質問の時間を何とか確保すべく腐心する中、統合型リゾート（ＩＲ）整備推進法案（カジノ法案）の審議で、この人の質問は持ち時間を使い切れなかったので、あろうことか般若心経を唱え始めたのだ。「般若心経ちゅうのがあるんです。『観自在菩薩行深般若波羅蜜多時照見五蘊皆空度一切苦厄』ちゅうんですがあ……」と読み上げて意味を説き始めた高齢の議員、と言えば覚えておられる方も多いのではないだろうか。

この谷川氏、十数年前にも話題になったことがあった。北九州市内で、数人の国会議員と会合を開いて、長崎から芸者を呼びつけて盛り上がったようだ。その時の代金、約15万5000円を「組織活動費」の名目で政治資金収支報告書に計上していたのだ。代金には、芸者の交通費や宿泊代も含まれていたという。彼は「長崎の芸術を見せようと思った」となかなかに無理のある言い訳をひねり出したのだが正当化できるわけがない。代理人の弁護士が「領収書の仕分けミスで、議員に返金を求め報告書を訂正する」ことになった。こんなものをミスで記載してしまうということがあり得ようか。よほどのぼんくらに会計を任せていたということなのだろうか。政治家の資質、適性を持っているとは思えない品性だが、この人がどうして国会議員で居続けられるのか、世にも不可思議、色即是空である。

2023年12月12日執筆

朗読ワークショップにて　想像力欠いた取材姿勢

「自由朗読研究会」という、朗読のワークショップを不定期で開催している。東京や大阪ではそれぞれもう十数回ずつ、他でも福岡、徳島、鳥取などで開いてきた。20人ほど集まったら、公民館や貸会議室でも、カフェや居酒屋、またはバーの個室でも、騒音がなければ場所にこだわらずに集まって、参加者がそれぞれ読みたい文章を持ち寄って、自由に朗読してもらい、皆で講評したり、アイデアやアドバイスを出し合ったりするという気楽なものだ。

読み物としては小説、エッセー、芝居の台本、絵本、詩集、取扱説明書、各種チラシやパンフレット、プレゼンテーションの台本など、多岐にわたる。参加者も、会社員、教師、弁護士、ナレーター、アナウンサー、学生、職人、落語家、政治家、子育て中のお母さんや保育士さんらと、こちらもバラエティーに富んでいる。東京・下北沢で行った時は、一般の方に交じって膳場貴子（ぜんばたかこ）さんが参加され、ベテランのキャスターの熱心さに大層驚いたこともある。

ある地方でワークショップを開くという情報を得て、地元のケーブルテレビ局が取材をしたいと言ってきた。もちろん報酬などないけれど「地域の活性化のために」という趣旨だったので快諾をした。当地に呼んでくれた世話役の方が、畳敷きの貸会議室に座布団を並べている頃に、ビデオカメラを持った若い女性の記者が現れた。彼女は控室を訪ねて来て名刺をくれたのだが、スタート時間まで十数分しかないのにインタビューをさせてくれと言う。「時間があまりないですが、いいですか」と尋ねると「大丈夫です」と返ってきたので、数分ならばと承諾した。

東京から来ました、
膳場貴子と申します。

「ワークショップは、どういう段取りで進めるのですか」と切り出されたが、そんなものはないので「ご覧になるといいと思います」と答えた。彼女こそこんなことを質問している間に撮影の準備をすればいいのに、などと内心思いつつ、三つ四つの質問に答えて「ではそろそろ会場に移りますので」と言ったら、ドラマ「相棒」の主人公、杉下右京のように「最後にもう一つ、よろしいですか」とおっしゃる。「お名前は何と読むのですか」

私のことなど知っていなくても何の問題もないけれども、これから取材をしようという相手の名前の読み方も調べていない神経の強さに驚いた。おそらく、上司から「こんな催しがあるから取材してきなさい」と言われて来たのだろうと思うのだが、なかなかに珍しい現象と出合えて笑ってしまった。「私の名前など知らなくていいですよー。それより早く準備なさったら」と言って控室から追い出して、ひとしきり笑わせてもらった。

さて、会場には地元の方が20人弱集まっておられた。開始時間が過ぎているのに、幾つかのお膳の周りに座っているのを「こちらに移ってください」「あちら向きに座ってください」などと指示している声は、先ほどの記者だった。テレビに映りたくない人をひと所に集めて画角に入らないようにしているのだった。さすがに本末転倒なので「やめてください。自由にしていただく会なので。撮影する許可は出したけれど、参加者に何かを指示する立場ではないでしょう」と言ったら、返事もせずに三脚を立て始めた。もちろん、終了後は礼もあいさつもなく消えていた。その後、映像はどうなったのか、いささか気になっていたが、無事放送されたというのは世話人さんから聞いた。

朗読は、読む方にも聴く方にも想像力のスイッチを入れる機会を与えるものだ。取材する記者にも、最低限の想像力を発揮してもらいたいものである。

2023年12月19日執筆

自民に自浄能力なし　次の選挙まで覚えておこう

インターネットのSNS上では「#確定申告ボイコット」というハッシュタグが付けられた投稿が急増している。これを受けて、岸田文雄首相は「承知している。国民の信頼回復に向けて、強い覚悟を持って臨まなければならないと感じている」とコメントした。

「強い覚悟を持って」「強い危機感を持って」「党の信頼回復のための組織を立ち上げる」は彼が昨年（2023年）から言い続けていることだが、その実何も進んではいない。それどころか、その調子で2カ月が過ぎ、もう「強い覚悟」が何の覚悟なのかが分からない状態になっている。12月半ばには、自民党の政治資金問題などについて、岸田氏は「説明責任を果たしていく」「信頼回復に向けて火の玉となって先頭に立つ」と格好のいいことを言っていた。「火の玉」の表現は、「この状況に対する強い危機感を総理・総裁である私こそが最も強く感じているという意味を込めた」という意図だそうだ。

ところが、先日、野田佳彦（のだよしひこ）元首相から「（衆院政治倫理審査会を）公開にするように指示せよ」と追及された岸田氏は、「国会で判断されるべき」という逃げ口上でかわそうとした。やはり口先だけの決意表明だったことが「火の玉」を見るよりも明らかだ。「火だるまになって取り組む」というニュアンスではなく、「ヒュードロドロ」と幽霊と共に消えていく人魂（ひとだま）のほうだったようだ。「国会で判断されるべき」は一見建前として成立するかのような印象を持つ言葉だが、疑惑にまみれた自民党の議員が圧倒的多数を占める国会で判断されるべきなのかどうかは歴然としているのではないか。「先頭に立つ」とは、先頭に立って疑惑隠しを全うするという意味だったのか。

それも、疑惑の5人衆の側からの意向を受けての非公開だという。おまけにひとりたったの45分で、会議録の扱いすら曖昧のまま、これも原則的に非公開にするつもりだという。岸田氏は「国民に説明責任を果たす」と言いながら、国民には見せない、聴かせない、説明しないという訳の分からないお茶の濁し方で、疑惑はさらに深まり拡大する一方となった。なぜ疑惑の主である側が、「非公開なら出席してやってもいいよ」という条件を出してくるのか理解に苦しむ。撮影・録音・傍聴の禁止、会議録も非公開が条件とは、やましいことがない人たちの出す条件ではないだろう。湧き上がっている疑惑（というよりも私は裏金の脱税だと考えている）を晴らしたいのならば、「出るところへ出よう」という気持ちになるはずだ。「みんなが見ているところで疑念を晴らそうじゃ

支出の97%が不明でも、
政倫審に呼ばれることがない、
自民党の茂木敏充幹事長

ないか、俺たちは公明正大さ」とならず、「見ないで、撮らないで、録(と)らないで、残さないで」とは、およそ公人の態度ではない。

もとより彼らに信頼回復させる気持ちなど毛頭ないと、私はみている。そもそも政倫審などという、虚偽の答弁をし放題で罰則がないような場面を設けてうその上塗りをする場所を与え、お茶を濁してやり過ごそうとしている。容赦のない冷酷なインボイス制度で追い詰められ、確定申告の作業で忙殺され日々の生活の窮状を訴える国民が、政治家たちによる裏金と脱税に寛容でいられるわけがない。

こんな低劣な攻防を見せつけられるだけで、すでに「自民党には自浄作用など存在しない」と有権者には見抜かれている。ＡＮＮの世論調査では、キックバックの裏金について、「議員辞職が必要」という意見が65％に達している。もはや、二階俊博(にかいとしひろ)氏や森喜朗(もりよしろう)氏らを含む五十数人全員を、証人喚問すべきではないか。自民党は、どうあっても真相を隠蔽(いんぺい)しなくてはならない事情があるようだ。彼らは、このような何かを「やったふり」でごまかし、国民に「早く忘れてくれよ」という願望しか持ってはいない。

有権者は次の総選挙までこの状況を強く記憶しておくことが肝要だろう。

２０２４年2月27日執筆

「多大な迷惑おかけした」　誰に対しての謝罪かな

近畿2府4県の自民党若手議員らの会合に、下着のような露出度の高い衣装を着けたダンサーたちが招かれ、ステージ上で踊るばかりではなく、客席に行って抱き合うような形で体を接触させたり、参加者が口移しで紙幣を渡したりという痴態が繰り広げられたと報道された。その会合を主催したのは、川畑哲哉（かわばたてつや）和歌山県議だということが分かった。全て、彼が企画したと言っている。和歌山県庁で取材を受けた川畑氏は、「多大なご迷惑をおかけしました。心からおわびを申し上げたいと思います。本当に申し訳ありませんでした」と神妙に謝罪していた。

ここでいう「多大な迷惑」とは、誰に対してなのだろうか。和歌山県民や国民に対してであれば、もちろん公人として恥ずかしいことをしたのかもしれないが、「おばかさんだね」で済むようなことではないのだろうか。だが、これほど神妙に謝るということは、ひょっとするとかかった費用は税金から出たものではないのかと疑いたくなる。災害の被災地では多くの人が困窮にあえいでいる中、それより以前の宴会とはいえ、こんなことに金が使われているのかとなれば、国民の神経を逆なですることは当然だろう。

彼は本当に、迷惑をかけた相手を、「国民」「県民」だと思っているだろうか。自民党和歌山県連や、自民党本部に叱られて「謝っておけ」と言われたのではないかと想像する。言い訳として独創的なのは、会合のテーマが「ダイバーシティー（多様性）」だったから、と言うのだ。これほどうなずけない、何の説得力もない言い訳も珍しい。人種や宗教、思想、性別、能力を超えた、対等の人間同士のつながりを認め合うこの概念で、なぜおっさんたちが半裸の女性に接触して口移しでチップをやるという絵面が生まれるのか、甚だ理解に苦しむ。

「はっと振り返ったらそういうシーンになっていた」とも言っていたが、まるでバーレスクのセクシーショーのような状態と化していたのだろうか。「ダメダメ、そこまでは！」とホイッスルでも鳴らしたい気持ちだったのか。それよりも、このダンサーたちは頼まれもせずに参加者にしなだれたり両手を首に絡めたり、自発的に寄って行ったりしたのだろうか。チップ用の紙幣は用意していたと言うのだから、最初からその予定だったはずだし、「止められなかった」（党の国会議員）という言い訳は成り立たないのではないだろうか。見たのならば誰だか分かっているだろうから、口移しの痴態を見せた議員だか参加者だかにも話を聞かせてほしいも

のだ。

「問題提起として、メッセージ性の高い諸々の要素から最終的にダンサーを選択して提案した」のだという。だったら、写真や動画を撮って、そのメッセージを周知すべく世に問えばよかったのに、その形跡がないように思える。今ごろ画像が拡散されて謝っているところを見れば、それがこじつけであると言わざるを得ない。

フランスに「視察」名目で行って、エッフェル塔の前で珍妙なポーズで写真を撮影したり、子どもを参加者として連れて行ったり、観光を楽しんでネットに投稿したり、問題となれば慌てて削除したり。外国人の音楽家と真っ赤なベンツでファッションホテルで不倫騒ぎを起こしたり、党全体が旧統一教会との癒着で批判を浴びたり、パーティー券などのキックバックで裏金を作ったり、そして高級洋菓子を支援者に送ったり。毎日のように次から次へと楽しそうな様子が噴出して、こちらとしてはもうおなかがいっぱいになって吐きそうになっている。

川畑県議は離党届を出して受理されたというが、言い訳の通りの内容ならその必要もないし、離党してもほとぼりが冷めればいつの間にか復党するのは目に見えているので全く意味がない。

２０２４年３月12日執筆

批判する人物を「出禁」　公人として不適切だ

なんでも、２０２４年4月12日までに中止を決めれば３５０億円ほどの違約金で済むが、13日以降であれば８４４億円に跳ね上がる、らしい。どこかでそんな記事を読んだ。２０２５年大阪・関西万博のことだ。

これほど悪評が高い万国博覧会がかつてあっただろうか。当初の2倍近くにも上振れする会場建設費、完成が不安視されるパビリオン建設、約３５０億円もかける木製の大屋根（日よけリング）、またそれが邪魔で建設資材を搬入しにくくなると不評、想定を上回る地盤沈下、トイレに2億円もかける、もともとゴミ処理場だったのでメタンガスが発生しそれが原因で爆発事故が起きる、売り上げ不調という前売り券を地元の企業などに購入させる……。メタンガスの問題は、昨年（２０２３年）11月に福島瑞穂（ふくしまみずほ）参院議員が予算委員会で指摘していたのだが、その懸念通りのことが起きてしまった。

主催側はそれぞれ反論しているようだが、万博よりも、そのために国家予算を投入させ、整備ができたところで隣接地にカジノを含む統合型リゾート（ＩＲ）を造るという手法に見える。

ずる賢い。そうやってどんどん準備を進め、どうにかして後戻りできないところまで進めてやれという意図があちらこちらに透けていて、もう目も当てられない。

悪い意味で「万博の象徴」となりつつある巨大な輪っか型日よけリングについては、あちこちからの批判が強い。だが大阪府知事で万博協会の副会長でもある日本維新の会共同代表の吉村洋文（よしむらひろふみ）氏は、3月23日に大阪で開催された党の会合で、こういう趣旨の発言をしたという。

「今批判してるね、名前言いませんけど、『モーニングショー』（テレビ朝日系）の玉川徹（たまがわとおる）。今批判するのはええけど、（万博会場に）入れさせんとこと思うて。入れさせてくれ、見たいと言うても、モーニングショー禁止っちゅうねん。（コメンテーターの）玉川君、禁止」

周囲に忠告してくれる人がいないのだろうけれど、大阪府の最高権力者としてこれはあまりにもひどい言論の弾圧ではないか。公金を使って開催する事業にもかかわらず、批判した人物を出入り禁止にするという脅しは悪辣であり、公人として不適切極まりない。

玉川氏が批判している内容は至極まっとうであり、コメンテーターとして当然の仕事をしているだけなのだが、説得力を持つ言葉で責められるので吉村氏はこんな場外乱闘的な行儀の悪いことをやらかしてしまったのだろう。しかし、玉川氏が気に入らないからといって、国家的な事業で

あるべき博覧会は、彼の経営するイベントでも私的な集まりでもない。何の権限があって「出禁（出入り禁止）にする」などと、考え方による差別を助長するような物言いをするのか、全く理解に苦しむ。

後日、記者から「言論統制に当たらないかという批判の声もある」と問われた吉村氏は「僕自身が本当に出禁にする権限があれば問題だけれども、権限がないのは当然のこと」と珍妙な論法ではぐらかしていた。これもまたおかしな言い逃れではないか。権限がなければ何を言っても許されるのか。例えば、吉村氏が気に入らない記者を「あいつ懲役5年にしたろかな」と公の場所で発言したとして、「懲役に処す権限がないから問題発言ではない」と釈明するのと同じだろう。権限があろうとなかろうと、権力者の言葉としてあまりにも不適切であり、「すみません、軽口が過ぎました」とでも言えば、ここまでの「炎上」はなかったのではないか。

吉村氏は「(万博に）参加する国々からは、なぜ日本のメディアは批判ばかり言うんだと聞く」とも言っていた。そもそも「なぜ批判されるようなことばかりやるんだ」という視点は一切ないようだ。

発言した際の話し相手だった横山英幸（よこやまひでゆき）大阪市長は「フラストレーションがたまっての発信」とかばい、馬場伸幸（ばばのぶゆき）日本維新の会代表はSNSで「イッツ・ア大阪ジョーク」と投稿した。こんな程度の低いいじめが、大阪のジョークと言われれば、大阪の皆さんも怒るべきだろう。

2024年4月2日執筆

兵庫県知事問題　「君臨」だけが目的か

斎藤元彦（さいとうもとひこ）・兵庫県知事の数々の不正、違法行為の疑惑について、本人からまともな説明が全くなされないまま時間だけがどんどん過ぎていく。この原稿が紙面に掲載される時には辞職しているかもしれないが、多くの兵庫県民の方々は「何と恥ずかしい人物を知事に選んでしまったのか」と頭を抱えているに違いない。あ、東京都民の私もそう偉そうに言えるわけではないが。

斎藤知事は、パワーハラスメントの常態化も問題視されている。西播磨（にしはりま）県民局長だった60歳の男性が勇気を振り絞ってそれを文書で告発し、「死をもって抗議する」というメッセージを残して亡くなった。自殺とみられている。記者会見で「何に対する抗議だと思うか」と尋ねられても全く答えようとせず、「行政を進める」という趣旨を繰り返すのみ。まるで誰かから「それしか言うな」ときつく言い含められているようだ。以前の会見では「うそ八百含めて文書を作って流す行為は、公務員としては失格」「(その行為を県民局長）本人も認めている」と明かしていたのに、最近は「うそ八百を本人が認めたという意味ではない。私の認識がうそ八百だということと、彼が書いたのが事実だということとの二つある」と、まるで訳の分からないへりくつで言い逃れようとしていて、見るも無残だ。こうなると、公益通報者の保護にも大きな問題があったとしか思えない。

兵庫県では、さらに亡くなった職員がいる。阪神・オリックスの優勝パレードを担当した職員が、療養中に死亡していた。西播磨県民局長だった男性が作成した告発文書には「信用金庫への県補助金を増額し、それを募金としてキックバックさせることで補った」などと記されているという。県内企業から贈答品を受け取ったことについても詳述されているらしい。

そういえば、クラウドファンディングが大失敗したその優勝パレードの名称は「兵庫・大阪連携『阪神タイガース、オリックス・バファローズ優勝記念パレード』～2025年大阪・関西万博500日前！～」という、無理やり万博を絡めたもの。阪神タイガースにもオリックス・バファローズにも全く敬意を払わない、下心みえみえの行事だった。斎藤知事も参加し、なぜか車窓から手を振っていて滑稽に感じたものだ。

斎藤知事は天神川（てんじん）の復旧の様子を視察した際、テレビ映りを気にして、ヘルメットをかぶるのを拒否したという。しかし、作業中の現場にはヘルメット着用でなければ入れない。仕方な

兵庫の
いただきサイちゃん。

く、工事を中断させて「視察」の様子を撮影させたとされる。

また、兵庫県丹波市内の事業所を視察した時、そこが制作した非売品である木製の椅子とサイドテーブルを「ぜひ知事室で使いたい」と持ち帰った。同席した人たちの証言もあるとのことだ。

地元特産のワインをねだったことも有名だ。その時の知事の声を録音したデータを聞かされると、「記憶にないです」を繰り返すばかり。うそをついているのか、あるいはあちらこちらでねだりすぎて本当に覚えていないのか。

兵庫県知事でありさえすれば満足、目的は「君臨」なのではないかとも思えてくる。兵庫県をどうしたい、どういう地方にしたいというビジョンは伝わってこない。辞職を求める声が大きくなってはいるが、決定打はない。まさか、何か暴露されては困るような爆弾を抱えているのではないかと勘繰ってしまう。

初当選の際に推薦したのは自民と維新だった。さすがにこのような人物だと見抜けなかったのだろうが、推した責任を取るべきだろう。

２０２４年７月30日執筆

向き合う心？　何かのギャグだろうか

先般の東京都知事選挙（2024年7月）の期間中には、有権者に投票行動の参考になる情報を伝えるべきであるにもかかわらず「当分、選挙なんてものはございませんよ」という雰囲気だったテレビが、党員ら以外には投票権もない自民党総裁選には、連日長時間を割いている。正式に出馬表明すらしていない人物をもパネルにして、誰と会った、こんなことを言ったとのうわさがある、こういう思惑があるかもしれない——などと、自民党の広報担当のような自称政治ジャーナリストに思う存分しゃべらせる。政治資金パーティー券の不正やら不透明な資金のキックバックやら脱税やら旧統一教会（世界平和統一家庭連合）との癒着やらというマイナスイメージを、とにかく視聴者に忘れさせようと躍起なのである。

政権党とはいえ、党内での代表者を決めるだけのことに、まるで自民党祭りのような大騒ぎをしている。

一連の裏金問題に関して、毅然（きぜん）と厳しい意見を述べる候補予定者はもちろん皆無で、「返還を要求」などという訳の分からないごまかしで「やろうとしている感」を粉飾するばかりだ。

１カ月前の世論調査で「今の野党を中心とした政権交代」を望む人の割合が「自民、公明中心の政権の継続」を上回っていたのに、直近の世論調査で逆転した例もある。もちろん、テレビ各局が連日自民党のＰＲを頑張ったたまものだろう。

候補予定者のひとり、河野太郎衆院議員が記者会見を開き、正式に総裁選に名乗りを上げたというニュースがあった。なんでも、キャッチフレーズは「有事の今こそ、河野太郎　国民と向き合う心。世界と渡り合う力。」なのだそうだ。何かのギャグだろうか。彼ほど「向き合わない政治家を、私は知らない。そして彼が「渡り合う」のは、自分より立場の弱い役人ぐらいのものだ。

ＳＮＳの「Ｘ（旧ツイッター）」で一般のアカウントを次々とブロックしていることで、記者から「首相の資質はあるか」と聞かれた河野氏は「ツイッターはＸと名前が変わってから誹謗中傷が管理されなくなったのではないか」と答えたが、もちろん真っ赤なうそである。彼が一般人のアカウントをブロックしまくるようになったのは最近のことではない。ツイッターの呼称が変わるよりも前、３年前の「ニコニコ生放送」で、自身の口から「堂々とブロックします」という宣言までしている。それも、ごく冷静な意見や、ワクチン接種後に健康被害を訴えた女性の悲痛なＳＯＳをもブロックした。そもそも一度も「絡んだ」ことがない相手までブ

ロックしているのだ。賛成論だけではなく、国民のさまざまな意見や要望に耳を傾けることが政治家にとってすこぶる重要な作業だと思うが、彼にはそうではないらしい。

以前の記者会見でも、気に入らない質問に「次の質問どうぞ」を連発し、わざとらしく背広についたホコリを払うような仕草をした。その異様な光景は、「次世代のリーダー」などと持ち上げる人がいることと合わせ、ただただ不気味に感じたものだ。こんな程度の人物が、国民の生命、生活や財産を守る先頭に立つと思えるはずもない。

平気でなのかうかつになのか、これほど分かりやすく、すぐにバレてしまううそをつくような人物に、首相の資質が備わっているわけがない。あまりの厚顔さに失笑を禁じ得ない。イギリスのBBCによるインタビューでも、紙の保険証を廃止して選択肢をなくそうとしているのに「マイナカードは強制ではない」と述べた。そして裏金問題については「報告を怠った議員の多くは返還している」などという虚偽を述べていた。一体どこに「返還」できたというのか教えてほしいものだ。

姑息にも、総裁選に及んでブロック解除を一時的に行っているとも聞いたが、私はブロックされたままだ。いや、解除してほしくはないが。

2024年8月27日執筆

第５章

言葉と体と日常と

折り顔「紙羅漢」500体達成の日は来るか

もう40年前から、顔をよく折る。

といっても、顔面骨折のことではない。折り紙で人の顔を作るのだ。突発的、衝動的に折り始め、時折個展を開いている。不規則なスケジュールの隙間（すきま）を狙うので定期的というわけにはいかないが、自分で画廊を借りることもあれば、自治体や文化会館、商業施設からお誘いをいただくこともあって、数年に1度は開いているだろうか。

大阪芸術大学在学中はグラフィックデザイン専攻だったので、造形実習などに使ういろんな種類の紙が身の回りにあった。学生の時には時間というものが潤沢にあった（気がしていた）ので、つい紙を折り始める。造形の感覚を養うことも、幾何学的な発想が生まれることも快適に感じていた。答えのないパズルを解くような気になる時もあるし、思った通りの「顔」が出来上がり、一人で悦に入る時もある。

画家の安野光雅（あんのみつまさ）さん、グラフィックデザイナーの福田繁雄（ふくだしげお）さんという、私が尊敬してやまない2人のトリックアート界の巨匠が、確かどちらかの作品集の中で対談していた。若い頃、芸術というものは、もう既にあらゆる表現が生み出され尽くしたのではないかと悩んでいた時に、中央線に乗っていたらふと周りの人の顔が気になり出した。目や鼻、口の順番が入れ替わることはないのに、何十億人という人がすべて違う顔を持っている。これは、まだまだやりようがあるのではないかと思うようになったという話に、もう一方の方も大いに賛同していた、そんな内容だった。

改めて、顔というものに興味が湧いて、身近な紙類を使って造作を試みた。人の顔を折ることでは第一人者だった折り紙作家の河合豊彰（かわいとよあき）さんの本は小学校の頃から愛読していたので、その原形のようなものは作ったことがあった。オリジナルのものを自作してみると、これが面白いように形になる。一番初めに作ったのは、学生の頃にお世話になっていた脚本家の依田義賢（よだよしかた）先生の顔だった。しかし、出来上がってみると、彼をモデルに作られたとの説がある映画の中のキャラクター「ヨーダ」になってしまった。耳をとがらせて、そちら方向に「寄せて」みたら面白いものになった。

作品名「依田先生」

材質　和紙
●売約済み

初期には「ウルトラマン」や「ドラキュラ」などの架空の存在が多かったのだが、だんだん実在の人物に似せて作る似顔的なものが増えていった。紙も、洋紙の「レザック」や「ろうけつ」などから、コシの強い和紙を使う機会が多くなった。

そもそも物まねが得意だったので、人の印象や特徴を捉えてデフォルメすることには慣れていた。芸能人や芸術家、その他の有名人、話題になっていた宗教家、政治家などを紙で折り、リトルモアという出版社からエッセーを添えた作品集も出していただいた。作品の雰囲気は、「折り顔」のサイトに写真が掲載されているので、ご興味のある方はご覧いただきたい。

その後、何度か日本画家の千住博(せんじゅひろし)さんとお話をする機会があり、「誰かに似せるだけではなく、架空の顔や羅漢像のような、具体的な『誰か』ではない印象を形にするのもいいのでは」とヒントをいただいてから、内側から湧き出てくる「顔」を折ることも多くなった。私は「紙羅漢」と呼んでいるが、本当に500体を達成する時が来るのだろうか。昔は数えるほどしかいなかった「折り紙で顔を作る作家」も今では世界中にいるようで、超絶技巧を見せてくれる達者な人も多く出てきた。

のんきな話で恐縮だが、折り紙を折るアトリエがわりに、鎌倉でアパートを借りて、スケジュールが空くとこっそり出かけて「さかさか」と折り紙を楽しんでいる。

2023年4月4日執筆

検査入院　相部屋ワンダーランド

今月（２０２３年5月）中旬に３日間の検査入院をした。一昨年の秋ごろ、二兎社の舞台「鷗外の怪談」の稽古中から呼吸に違和感を覚え、少し動いただけでも息が上がってどうしようもなくなった。だましだまし本番に突入し、東京公演を終えた直後に循環器の専門医に診てもらったところ「肺塞栓症（そくせん）」と診断され、そのまま緊急入院となってＩＣＵ（集中治療室）に入った。２週間の入院で回復して現在に至るも、完全には治っておらず、機会を見つけて別の治療法を実施することになった。

緊急入院の時と同じく、今回も個室ではなく４人部屋をお願いした。見舞いの面会もはばかられる昨今、個室である必然を感じない。もちろん、カーテン一枚で同室の患者の会話や生活音が不快に感じないと言えばうそになるけれど、全くの赤の他人と同じ部屋で寝泊まりするなどなかなかできるものではない。

まず気になるのは、朝と夜の歯磨きだ。私はおとなしいので、歯ブラシを使う時には口を閉じている。しかし、大きな音を放たないと磨いた気がしないのだろうか、私以外の３人は「がしゃがしゃがしゃがしゃ、がらがらがらがら、おえっ！」となかなかに派手なのである。

食事も遠慮がない。なぜ口を開けたまま咀嚼するのだろう、「くっちゃくっちゃくっちゃくっちゃ」と「俺は食っているぞ」とばかりに高らかに音を立てる。げっぷとおならがまた派手だ。「うがあっ」「ぶっ」と、時間に関係なくぶちかまされる。隣のおじさんの屁で眠りから覚めたこともある。毎日一緒にいるご家族はどう感じているのだろうか。

独り言もすごい。「これはなんだ。ああ、そうかあ。おっと、言うのを忘れた。後でいいか。ちっちっちっち、やっぱり駄目だ」と、長時間何かをつぶやいている、というよりも「言って」いる。その人は看護師相手に話す際、これでもかというほどに低姿勢で、卑屈にすら思えるほど「すいません、すいません」と平身低頭している（その雰囲気が伝わってくる）。

入院してきてから、ずっと「担当医を代えろ」と文句を言う人もいる。「いやさあ、女の先生だから駄目ってわけじゃないんだけどさあ、O先生は名医じゃないか、だからちょっと頼んでくれない？」と一生懸命なのだ。看護師は事務的に「先生の指名はできません」と言うのに、粘着して食い下がる。夕方、別の看護師がやってくるとまた同じ会話をする。翌日も、そのまた翌日も、繰り返している。自分は事情通なのだとアピールしながら、どうにも納得ができな

わぁ〜〜
すごぉ〜い！

い様子なのだ。

フィットネスジムの自転車のようなもので太ももを鍛えているのが自慢の、60代の患者もいた。「看護師さんさあ、鍛えてるんだよ、太もも見て」と、裾をまくって見せている様子が分かる。「ちょっと触ってみて」「本当ですね、すごおい」などと言う会話が聞こえる。何をやっておるのだと、独りごちる私。

その人が退院した後に入ってきた患者は、数学が趣味なのだという。看護師に「虚数って面白いよね」と言うのだが、「何ですかそれ」「単位はｉと書くんだけどね。実数じゃない数のことで、オイラーの公式ってのがあってね……」「ふうん、へえ、そうなんですかあ」と全く興味のない相づちしか返ってこないのに延々と話し続ける。

飛行機のパイロットだという人もいた。「これまで受けた検査では、乗客が２００人以上の飛行機の操縦ができないので、より精度の高い検査を受けることになった」のだそうだ。そんな決まりがあるのか、と感心したのだが、本当にそうならば人数で基準を変えないでほしいものだとも思った。

個室に必要な差額ベッド代に日数掛ける何万円も払って、こんな面白い体験を放棄する手はない。

２０２３年5月23日執筆

うそから出たまこと　「似顔絵塾」引き継がれ、感謝

「週刊朝日」が、100年以上の歴史を閉じた。30年ほど前に、上岡龍太郎（かみおかりゅうたろう）さんの連載ページを引き継ぐ形で、「松尾貴史の未確認卑怯（ひきょう）物体」と「サイレント・マイノリティ」という連載を仰せつかり、週1回の連載初体験をさせてもらった。そのページは、松本人志（まつもとひとし）さんに受け継がれたと記憶している。その後も、畏友（いゆう）、ナンシー関さんの連載もお勧めをしたりと（彼女は何と、同じ年から「週刊文春」の連載も開始している）、何かと関わり合いは続いていた。

つい一昨年（2021年）、山藤章二（やまふじしょうじ）画伯が長年連載しておられた「ブラック・アングル」と、読者からの投稿ページ「山藤章二似顔絵塾」の連載を、ご高齢を理由に退任されることになり、連載企画が消滅の危機を迎えた。ところが、古参の担当編集者が「何とか存続させてみたい」という一念で、「2代目塾長として選者に松尾貴史を迎えるのはどうか」と山藤さんの意向を伺ったところ、「その手があったか！」と喜んで快諾してくださった。山藤さんとは公私ともに懇意にしており、30年以上前からの俳句の同人でもあり、正月企画の「似顔絵塾」ゲスト選者にも呼んでいただいたり、周年イベントのトークゲストを務めたりというつながりも

キッチュの句は
指先の印象だなあ。

あり、それらを思い出した担当者が名前を挙げてくださったようだ。

かくして、私が選者となった「似顔絵塾」の連載が始まった。このコーナーのファンだったという桂南光師匠や高田文夫さんたちから大変に喜ばれている趣旨のお祝いの言葉を賜ったり、連載を楽しんでおられた画家の横尾忠則さんも長文のお褒めのメールをくださったりしたので、これは少しでも長く続けなければという思いを強くしていた。

私が2代目に就任して1年半、前と変わらぬ、なかなかに良い作品も多く集まり、コーナーとしては順調だった。毎週何百という名作、迷作が送られてきて、私が拝見するまで２００枚ほどにふるいに掛けられるのだが、毎度の洒脱と多様さに舌を巻き、刺激を受け続けた。

ところが、近年の出版不況のあおりもあってか、歴史ある老舗の総合週刊誌「週刊朝日」は１０１年の歴史に幕を下ろすことになってしまった。今度は選者がやる気満々でも、掲載される場所がなくなってしまうという新たな危機を迎えることになった。

「週刊朝日」にもＹｏｕＴｕｂｅチャンネルがあり、そこで終盤の選考現場の様子を動画配信してみようという話になった。その中で、もちろん半分冗談ではあったものの「サンデー毎日さん、引き継ぎませんか？」というような呼び掛けをしたのだが、関係者一同、同じ気持ちになっていたようだ。直後に、くしくも「週刊朝日」と「サンデー毎日」の両編集長が対談するという機会があったそうで、内容が表に伝わっていたのかどうかは定かではないけれども、現場ではいつしか、引き継ぎの話も出ていたと聞いた。確か「検討してみる」というような話になっていたのではないか。

さて、つい最近のことだが、私の事務所のスタッフに「サンデー毎日」編集部から一通のメールが届いた。「似顔絵塾を引き継ぐという案について、松尾の意向はどうか」という内容だった。意向も何も、私が言い出したことだと記憶しているので「もちろん大賛成です」と伝えてもらった。

うそから出たまこと、瓢箪（ひょうたん）から駒、放言から「移転」となった。下山進（しもやますすむ）さんの連載「2050年のメディア」が「サンデー毎日」から「週刊朝日」に移ったり、本多勝一（ほんだかついち）さんの「貧困なる精神」は「潮」から「朝日ジャーナル」、そして「週刊金曜日」へと移行したりというような例はあるけれど、ライバル誌の休刊に伴って連載を受け入れるという例は寡聞にして知らない。

この貴重な機会を与えてくれた全ての読者と関係者、状況に大いに感謝するばかりだ。

2023年5月30日執筆

成功率が高いのは？　しゃっくりを止める方法

ＰＡＲＣＯ劇場開場50周年記念シリーズの舞台「桜の園」（アントン・チェーホフ作、ショーン・ホームズ演出）の幕が開き、東京・渋谷の同劇場で８月29日まで出演している（その後、宮城、広島、愛知、大阪、高知、福岡へ　※現在は終了）。

楽屋には大量の飲料が差し入れられていてありがたいことこの上ない。コーラや炭酸水、ビール、ハイボールなどの炭酸系の物も数多くあって、アルコール入りの飲料以外は、本番前や本番中に清涼感と刺激を求めて勢いよく飲む。ところが、私の体質のせいかどうかは分からないけれども、横隔膜が敏感なのだろうか、コップに移し替えずに飲むと炭酸の刺激が強すぎて、しゃっくりが起きてしまうのだ。ビールを飲む時にはコップに移し替えるが、稽古などの合間に水分補給で炭酸水を飲む時にはついペットボトルから直接飲むことが多くなり、すると高い確率でしゃっくりが出るのだ。

しゃっくり。何という間抜けな響きの言葉なのだろう。医学的には「吃逆（きつぎゃく）」と呼ぶらしい。「ひっく。あ、キツギャクが」などと言っている人を見たことがないので、あまり知られていない言葉なのかもしれない。なるほど、「飲む、食べる」という意味の「吃」に「逆」らうとは、よくできた言葉だ。

これが芝居の最中に出てしまうと非常に困る。シリアスな場面で、制御不能の「ひっく、ひっく」が出てしまうと始末に負えない。今回の芝居は第2幕に酔っている場面はあるが、それ以外で出てしまうとすこぶる困ったことになる。自分だけではなく、周りの役者に多大な迷惑がかかってしまう。

「横隔膜のけいれんだからねー」と訳知り顔で言う人がいるけれども、「横隔膜の収縮と声門閉鎖が同期して発生する呼吸器系反射運動」だそうだ。どう違うのか私には判然としないのだが。胸部と腹部を仕切る横隔膜が、急速な収縮を起こすのと同時に、声門が閉じることによって、肺への空気流入が阻止される現象らしい。喉、へんとう、舌からの情報を脳に伝える舌咽(ぜついん)神経に刺激が与えられると、延髄にある吃逆中枢を介してしゃっくりが起きるのだという。つまり、炭酸による刺激が私にしゃっくりをもたらすという実感は正しいのだろう。

酔った人によく起きる印象があるが、生まれる前の赤ちゃんが胎内でしゃっくりをしているような動きをすることを教えてもらって、ものすごくいとおしく感じたこともある。

しゃっくりを止める方法は、ちまたに多くあるようだ。一番簡単にできるのは「息を止め

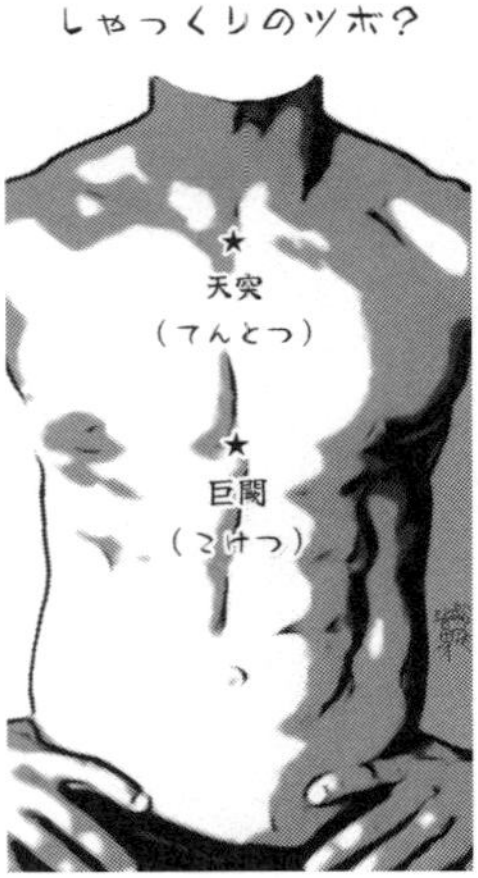

しゃっくりのツボ?

天突
(てんとつ)

巨闕
(こけつ)

る」という方法だろう。道具がいらず、どこでも試すことができるが、私の場合はなかなか止まらない。

代表的なものは「水を飲む」というものだろう。横隔膜を圧迫する効果を期待するのだろうか、湯のみに入れた水を、体を前屈させて自分の口から遠い、反対側の縁から飲むという方法は子どもの頃に教えられたが、あまり効果を感じたことはない。湯のみの上に箸を十字に交差させて、四方から水を飲むというまるでまじないのような方法もあるが、オカルト的なものではなく、神経をその動作に集中させることが重要なのだろう。

今のところ私が一番成功率が高いと感じているのは、息を吸って止め、グラスの水を1滴ほど飲んで「1」といい、同じく「2」「3」と「10」まで息を止めたまま続けるというもので、大抵はその途中で止まっている。「レモンの輪切りに砂糖をまぶしてかむ」という方法もあるが、どこでも、というわけにはいかないのが難点だ。そばにいる者が「意外な質問をしてやる」という方法もある。「お母さんの旧姓は?」「コスモスの花は何色だったっけ?」などと聞くと、神経がそちらに集中するのでしゃっくりを忘れるということらしい。

「耳の穴に指を突っ込み、少し圧力をかける」というのは最近聞いた方法だが、根拠が何かは分からない。試してみたいが、いかんせん、教えてもらってからまだしゃっくりが起きていない。

２０２３年８月８日執筆

電動アシスト自転車　修理もあったが爽快だ

昨年（２０２２年）の初夏に、生まれて初めて電動アシスト自転車なるものを購入した。その存在自体は20年以上前から知ってはいたが、そこに行ってしまうと、何かに「負けてしまう」ような気がして、ずっとペダルをこいできた。しかし、東京は街中でも高低差があって、近年の夏の炎天下に「立ちこぎなどしようものなら短時間で脱水症状になってしまう。命あっての物種」と大げさな口実を作って、機会があれば購入しようと思っていた。そして恵比寿界隈でたまたま通り掛かった店が、デザインがいい電動アシスト自転車のアンテナショップのようなところだった。

いろいろと説明を受けるうちに欲しくなるのは当然で、「本当なら大きな段ボールで部品が届いて、ご自身で組み立てていただくのですが、この試乗用の物でしたらこのまま乗ってお帰りいただけます」という一言で、元々面倒くさがり屋の私は即座に「ください」と言ってしまった。

そして、乗り始めてしまったらもう後戻りはできない。今までなぜ利用しなかったのかと思うほどだ。私は完全に負けた。折り畳めるタイプなので、車に積んで、例えば神奈川・鎌倉などに出掛ける。コインパーキングに車を止めて、自転車で長谷やら大仏やら江の島やら逗子マリーナやら、思いついたところへどこでもガシャガシャと移動でき、爽快なことこの上ない。

しかし、普通の自転車よりも重いので、ブレーキパッドの交換時期が桁違いに早くやってくる。段差を通行する時のタイヤへのダメージも大きいみたいで、パンクもしやすいのだろうか。空気を入れたばかりなのに、後輪がぺちゃんこになってしまった。

購入した店で見てもらおうと思ったら、この1年の間に店舗は移転してしまっていた。しょうがないので、近くの街の自転車屋さんで見てもらった。タイヤのチューブの片側を水に浸して、泡が出る場所を見つける。そこを拭って、平らに研磨し、接着剤を塗ってパッチのようなシールを貼る。たたいて密着させて、再び水につけて気泡が出ないかを確認して、元通り装着する。ところが、別の箇所からも気泡が出てきたので、そこも修理をしてもらった。同じ手順で、2カ所、合わせて代金は１４００円だった。少し不安が残ったのは、直した後、水に入れてチェックする時に、入れた空気が少なく思えたことだろうか。穴があっても、内圧を高くしないと気泡は出ないのではないか。

果たして、翌日走ろうと思ったら、またもやタイヤがし

最新式人力自転車

ぼんでしまっている。もう一度直してもらいたいが、また私が行くと気まずいと思い、マネジャーが自転車店に持ち込んでおじさんに見てもらい、私は路地を曲がったところで待っていた。

程なくして「直りましたよ」とマネジャーが戻ってきた。「500円でした」とは安いのだろうか。直っていなかったのだから、タダでもよさそうなものだが、油まみれで直してくれているおじさんを思い出して安いものだと思った。

果たして、翌日。問題のタイヤを指で押さえてみたら、またしてもぺちゃんこになっている……。今度は別の自転車店に持っていったら「あー、一度直したところはどうしても直せないんですよねー」とのこと。これはそれぞれで考え方が違うのか、それとも結果も含めそれが正解なのだろうか。結局チューブを交換することになり、7000円かかってしまった。都合8900円、最初からここに持ってくればよかったのか。

ともあれ、いい勉強になったと思うことにして、炎天下の街にこぎ出す。そう、負けてはいるが、爽快なのである。

2023年8月29日執筆

ホテルに忘れた洗濯物　捨てられたようだが仕方ない

舞台「桜の園」の東京、仙台、広島の公演が終わり、一度東京に戻った。その後9月12日からは、名古屋、大阪、高知、福岡の公演のため月末まで行きっぱなしになってしまった。あちらこちらを回らせてもらうと、いろいろと小さな違和感に出合う。

荷物を最小限にしたい私は、高知のホテルで何十年かぶりにコインランドリーを使って、荷物の減量を図った。その後に出た洗濯物のシャツや下着は、ビニール袋に入れたまま、福岡の天神近くのホテルに置いてきてしまった。それ自体は間違いない。ホテルで荷物を整理して、帰宅してから初めてスーツケースを開いたら洗濯物の衣類が入っていなかったので、間違いなく天神のホテルの部屋にあったことは確かなのだ。

気が付いて翌々日にホテルに確認の電話を入れた。泊まった日にちと部屋番号、名前を聞かれたので答えると、そういう人物は泊まっていないと言う。いやいや幽霊ではあるまいし、そんなはずはない。

しかし、少しなまりのある人が電話の応対をしてくれていたので、試しに姓名をひっくり返して「タカシ・マツオではどうですか」と言ったら、「ああ、ありましたねー」と答える。「でも忘れ物、ない、はい」ということだった。袋に入っていたので、ゴミと間違えられて捨てられてしまったのだろうか。袋の口を閉じていたわけではないし、数日分の衣類なのでそれなりの分量なのだが、流れ作業で廃棄されたのだろう。気に入ったシャツが複数入っていたのでいささか悔しかったが、自分の不注意なので仕方がないと諦めた。とはいえ、電話応対ができるほど日本語が使えるのに、姓、名の順で伝えると「いない」ことになってしまうのは面白い現象ではないか。

高知の路面電車は、今でもチンチン電車と言うのだろうか。乗車時にＩＣカードの読み取り機があるのでかざすも、何の反応もしない。一応整理券を取って、降りる時に運転士さんに言ったら「地元のＩＣしか使えないんですよ」と言われて、現金で乗車賃２００円を支払った。今のご時世で、技術的、経費的に難しいことなのだろうか。

旅公演の後、大阪でテレビ番組の収録をして、夕方の新幹線で東京へ移動した。テロ防止の車内アナウンスが響く。「持ち主の分からない荷物を見つけた方は、車掌までお知らせを」などと言っている。私から見れば、ほとんどの荷物は持ち主が分からないが、いちいち報告したら迷惑がられるだろうなあ。

東海道新幹線の車内ワゴン販売がなくなり、グリーン車のモバイルオーダーサービスだけになると聞いて驚いた。人件費との釣り合いが取れないのだろうか。つまり売れないということなのだろうけれど、それだけ不景気だということなのか。

宮城で映画の撮影があったので、自宅に戻らず、東京で乗り換えて東北新幹線で一ノ関（岩手）に到着した。そこからの在来線は終わっている時間で、しかし朝一番に現場に入らなければならないので、仕方なくタクシーで気仙沼（宮城）のホテルへ。何と運賃が1万９０００円台もした。製作費から出るといってもなかなか勇気のいる金額だ。運転手さんは終始上機嫌だった。私は小心者なので、領収書をもらったか、何度も確かめた。

気仙沼で撮影が終わり、東京へ戻るべく在来線に乗り、空いていたので向かい合わせの４人掛けの席に座った。当駅の折り返しで発車を待っていたら、通路を挟んだ席に座っていた私と同年配の女性が、発車直前になると悠然と立ち上がって、通路に立って私を見下ろし「私はすぐに降りますからあっ！　はいーっ！」と叫んで、車外へ飛び出して行った。あれは一体何だったのだろう。

２０２３年10月3日執筆

アクセントが変　玄人の矜持はどこへ

最近、テレビから子どもの声で「寒くなってきたので」というせりふが聞こえてくる。飲料のコマーシャルだ。そのアクセントが気になってしまうのは私が老境に入ったからなのだろうけれど、繰り返し聞かされると不快感すら湧いてきてしまう。アクセントの場所をカタカナに表記してみると「サむくナってキたので」となるはずのところを「さムクナってきたので」と言っている。テレビCMの制作は、しつこいほど綿密緻密にチェックされるので、子どものなまりが残ってしまったということではないはずだ。きっとこれは視聴者の耳に残るようにわざとやらせているに違いない。

情報番組などでは、気象予報士や解説者の多くが「明日は寒くなりそうです」という場合に「あスはさムクナリソうです」と奇妙な発音をするようになってきた。中には「さムくなリソうです」と関西弁のアクセントに近い形になっている人もいる。「寒く」のアクセントは頭高型の「サむく」なので、聞いていると耳がノッキングを起こしそうになる。

形容詞の「寒い」は「さムい」なので、「寒く」でも「ム」にアクセントが来ると勘違いしている人が多いのかもしれないが「サむく」が正解であろう。連体形と連用形でアクセント核が変わることは、育ってきた環境で感覚的に覚えるものだけれど、昔は、放送でしゃべる人は方言や個性を売りにしている芸人は別として「共通語」という使う言葉の鍛錬をしたものだった。

前にも書いたと思うが「乳」と同じアクセントの「父」（ちチ）と言う時に、「母」（ハは）と同じアクセントで「チち」と発音する人が近年急増している。一度放送で使われ始めると、耳になじんでしまってあっという間に広まってしまう。アクセント辞典でも、両方表記することが増えてしまっている。「国」も、「くにが」と平板型で発音するところを、「くニが」「このくニは」と尾高型で言う人が増えた。ところが「国に帰る」と言う場合は「くニにカえる」ではなく「くににカえる」と正しく言う人が多いのも不思議だ。

「いいじゃないか、言葉なんて伝われば」と言う人も多いだろう。私もそう思っている。問題は、全国放送で視聴率が高い番組なら1000万人以上が同時に耳にしてしまうような状態で「伝わりゃいい」という感覚でしゃべることができてしまうことで、そのメンタリティーに違和感を覚えるのだ。

私たちが日常で話す言葉が時代と共に変化したり、コミュニティーの中で符丁のように使われたりすることに何の問題もないと思っているし、俗語が日の当たるところで大っぴらに使われるようになることもあるだろう。しかし、それほど多くの人の耳に入る言葉が粗削りだと、多くの人の気持ちをも殺伐とさせてしまうのではないかという気がしてならない。街の落書きを消して奇麗にすると犯罪発生率が下がるというが、言葉にもそういう影響力があるのではないかと常々考えるのだ。

食のリポートをするタレントも多いが、何を食べても「うんま！」「やばっ！」で済ませる人は、それでよく出演料をもらう気になるものだと不可解ですらある。素直な反応としてその言葉が口をついて出てしまうことに問題はないかもしれないが、そこに矜持（きょうじ）というものがないものか疑問を感じるのだ。

アナウンサーやタレント、ついでに政治家にとって、言葉は商売道具だ。手入れをしたり磨いたり使い方を研究したりする様子が全く見られない人にもげんなりすることが多くなった。料理人が包丁を研ぎ、大工がのこぎりや、かんなの手入れをするのと同じように、しゃべり手も日々言葉を研究し、訓練すべきだろう。包丁だって「切れりゃいいんだよ」、大工道具も「家が建ちゃいいんだよ」で済ましていいものだろうか。家庭料理や日曜大工なら許されることでも、玄人（くろうと）としてはいかがなものかと思う。

2023年11月28日執筆

三沢市寺山修司記念館　引き出しに広がる演劇空間

先日、舞台「斑鳩(いかるが)の王子(みこ)　―戯史　聖徳太子伝―」全39公演が終わり、前後に押しやっていた雑務なども片付いたので、突発的に青森へ２泊３日の小旅行に出掛けた。大阪でコピーライターをやっている友人と酸ケ湯(すかゆ)温泉行きのバスで合流して、名物の「千人風呂」という大きな入浴施設に向かった。

到着してバスから降車すれば、毎年のように豪雪の様子を伝える情報番組のリポーターの背後にある、おなじみの景色だった。「死ぬまでにあそこに行くことがあるだろうか」と思っていた景色の中に立つのは、何とも言えない感慨があった。

昔からある建物は貴重な歴史的資料でもあり、そのたたずまい、風情に心が奪われた。脱衣所は男女が別々なのだが、浴場は同じ空間で、木製の立て札で「ぼんやり」と男湯と女湯が区切られている。いや、区切ると言っても同じ湯船で、浴槽の脇に「ここから向こう側には行かないでね」といったようなことが示されているだけだ。

女性は入浴用の着衣もあり、もちろん不要に感じる人は潔く裸で入っている。湯気の厚みがすごいので、お互いに裸を見られる気恥ずかしさもなさそうだ。充満する硫黄の臭いにけおされつつも、十分に温泉を堪能させていただいた。

青森市内に戻り1泊し、翌日は三沢市（青森県）へ向かった。折しも市議会議員選挙の最中だったようで、選挙ポスターを何の気無しに見れば「小比類巻」さんという候補者が3人もいて驚いた。地元に多い名字なのだろう。

さて、三沢駅に近いホテルから、今回の主な目的だった三沢市寺山修司記念館に行くべくタクシーに乗れば、目的地までの料金が5000円以上したのに驚いた。米軍基地などの外周を大きく回り込むので案外とメーターが上がるのだ。

「帰りはまた呼ばなければ、タクシーはいませんよ。1回精算して、メーター切っときますから」と親切なドライバーさんの言葉に甘えて、1時間ほど待っていただくことになった。

さて、立派な外壁には寺山修司の世界観を真っすぐに表す巨大な道化の顔がレリーフとなって浮かび上がり、親しかった方々の筆による陶板も張られている。入館してすぐのエリアには、寺山修司没後40年を記念した特別企画展「ポスト・テラヤマ　寺山修司がいなかった40年」（※現在は終了）が催されていて、彼のいなくなった文化、芸術、社会がどうだったかを緻密に

真実の最大の敵は、
事実である。

刻んでいる。この施設は、寺山修司の母・はつさんから三沢市に寄贈された遺品などを保存、公開するため、約3年の歳月をかけて建設された。グラフィックデザイン界の重鎮で、寺山との親交が深かった粟津潔（あわづきよし）さんのデザインをもとに、元天井桟敷の劇団員だった方たちの助言を得て、１９９７（平成9）年の夏、開館にこぎつけたのだそうだ。

ユニークなのはメインのフロアに八つの木製の机があり、それぞれ床に設けた空間の底にさまざまな展示物がある。まさにアンダーグラウンドの雰囲気で、寺山ワールドに引き込まれてしまう。展示場なのになぜか薄暗く、机の上にはそれぞれ違う形の懐中電灯が置かれている。来場者たちは、それを手にしてスイッチを入れ、引き出しを開けるのだ。中を照らしながらのぞき込むと、まるで小さな演劇空間がそこに広がっていて、すこぶる不思議な気分になる。幾つもの引き出しが机ごとにあるので「次に何があるのか」という奇妙な期待感を持ちながら、次の引き出し、次の机に移行するのだ。

管理をされている方とお話ができたのはありがたかった。平日で、まだ雪深い時期だったからだろうけれども、私たちのほぼ貸し切り状態だったのは、ぜいたくでもあり、もったいない気もした。ここへのアクセスは、週末に「ぐるっとバス」という巡回バスが運行されていて、ゴールデンウイークや夏休みなどには平日も動いているそうだが、何とか日に1往復ずつでも運行ができないものだろうか。せっかくの素晴らしい展示なので、多くの人に見てもらいたい。

2024年3月19日執筆

エスカレーター　おとなしくしていたほうがいい

子どもの頃、駅やデパートのエスカレーターを進行方向と逆に駆け上がったり、駆け下りたりして、いつまでも目的の階にたどり着かないのを楽しんだ思い出がある。手すりから外側に身を乗り出して後ろを見ていた子どもの首が、天井とエスカレーターの斜線に挟まって大事故が起き、そのため、樹脂でできた注意喚起の三角形の板が一斉にぶら下げられるようになったのも覚えている。

大学に入った頃には、「お急ぎの方のために左側をお空けください」とアナウンスがあった記憶がある。安全よりも効率を優先する意識があったのだろうか。左側を空けるのは、私が関西に住んでいて阪急電車を利用していたからだが、どちらか片側を空けて立つというのは、ある種のマナーのように錯覚していた時期だったのかもしれない。海外でも、設置者が「急ぐ人のために片側を空けよう」という呼びかけをしていた時代もあったそうだ。

作家の小松左京さんとは、彼が主催する毎月第3金曜日に赤坂のバーに集まる会合「三金会」で、出席率が低いながらもよくご一緒した。2次会に流れる時のタクシー車内で、「大阪はなんでエスカレーターの右側に立つんでしょう?」と問うと、「それはわしらのせいやねん」と言う。小松さんは1970年開催の大阪万博で、ブレーン役を務めていた。開催の準備をしている際、海外から客人が多数訪れるので、西洋式に右側通行にして、急ぐ人のために左側を空けようという意図で呼びかけたのだそうだ。

それに呼応してか、阪急梅田駅にある「動く歩道」もその方式になったらしい。つまりは、エスカレーターというよりは、平地を前進するだけの比較的安全な環境下での「左空け」だったのだ。そういう流れもあり、利用者が同じような意識で利用するエスカレーターにも、その習慣は自然に定着したのだろう。

それがいつの間にか、安全を呼びかけるアナウンスは「エスカレーターでは黄色い枠の中に立って、手すりにおつかまりください」「小さなお子様とは手をつないで」「キャリーケースなどから手を離さないよう」などになってきた。

近ごろでは、両側に立って2列で利用すべきだというルールが広がって常識になりつつあるが、しかし現実ではさまざまな場所で、きれいに左側だけに並んで右側はすっかり空いている光景を目にすることが多い。急ぐ必要のない百貨店内のエスカレーターでもそうなっていることが多いのには、違和感を覚える。

アクション映画の犯人の逃走シーンなどでは、エスカレーターに乗る人々を「格好よく」押し分け、かき分けて進むような場面が描かれる。背中にリュックを背負った若者がさっそうと駆け上がる場面を見ることも多いが、彼の頭の中にはそんなシーンが浮かんでいるのではないだろうか。

また、高いピンヒールを履いた女性が勢いよく駆け上がるのを見た時には、人ごとながら心配になった。いかにも滑りやすそうで、そして履物に見合った薄着をしているわけだから、転倒でもしたら大ごとになる。普通の階段とは幅と高さが違うので、勢いがつきやすいことをあまり意識しない人も多いようだ。

エスカレーターを設計する時には、十二分に安全の配慮がなされているのは当然だが、人々が片側にだけ立ち続け、もう一方の側を同じリズムで大勢の人がどん、どん、と上り下りすることは想定されていない。だから、例えば片側のチェーンが劣化したり、あるいは振動のリズムがそろってしまったりした時に共振が起き、想定外の事故が起きる可能性もあるのではないか。利用する側は文字通り上っ面しか見えないので、どのような保全がなされているか、ブラックボックス状態だ。動くものに乗る時は、おとなしくしていたほうがいいに決まっているのだ。

2024年4月9日執筆

「後半戦に突入」　ゴールデンウイークは「戦い」だった？

元々は映画業界の商業的な意味合いで始まった、という説があるからだろうか。ＮＨＫのアナウンサーは「ゴールデンウイーク」ではなく、「大型連休」を使うケースが多いようだが、今となれば違和感を覚える。既に定着し浸透している用語なのに、「なるべく使わない」としていたら、それはもう不自然なところまで来ているのではないか。

ゴールデンウイーク中、テレビの情報番組では「明日からゴールデンウイーク、後半戦に突入します」「今日から、ゴールデンウイーク後半戦です」と、何度も何度も繰り返し報じていた。「後半」は事実だが、戦いの要素がないのになぜ「戦」を付けたがるのだろう。野球やサッカーなどの試合を「◎◎戦」と言うのは、何かを競うのだから不自然に感じないが、連休で何と戦うことを想定しているのだろう。

渋滞の中、車内で不機嫌になっていく家族に神経をすり減らす運転者は、ある意味で「自分との戦い」と捉える人もいるだろうし、混雑する飲食店の順番待ちや席の確保を「戦い」と考える人もいるのかもしれないが、アナウンサーが見出しのように使う言葉なのか。

「初出演」を「初参戦」などと、「戦」をつければ、何かアテンションの効果があるのだろうか。これに文句をつけているのではなく、文字通りちょっと違和感を覚えるだけなのだが。全く別のことに違うジャンルの用語を使うことはよくあるし、それ自体は言葉の文化だと思う。歌謡ショーで最初に登場する歌手を、司会者が「トップバッターはこの方です！」と紹介するケースもよくある。バットも持たず打撃もしないのだが、誰も異論を唱えることはない。

さまざまなスポーツで時折不正が問題化するが、利益のためにわざと負けることにほとんどの場合、「八百長」という相撲に関連した言葉が使われる。クイズ番組でも、出演者がふざけた回答で笑わせようとすると、司会者が「がちんこでお願いします」とこれまた相撲用語でくぎを刺すように制止する場合もある。タレントや有名人をひいきにして支援する人を「タニマチ」と呼ぶ。大阪の谷町筋に住んでいた相撲好きの医師が、相撲取りならば無償で診察したことから広まった言葉で、今では当たり前のように使われている。

選挙への立候補を「出馬」と言う。戦地へ馬に乗って出かけるような意味合いにたとえるようになって久しいが、いつごろからの慣習なのだろう。もちろん私は馬に乗った候補者を見たことがない。

混みますよ。
混むと思います。

「総理のこの発言は、解散・総選挙への『布石』かもしれません」と解説者が言うが、これは囲碁用語だ。若い人が多く使う「◎◎はもう『詰んだ』な」は将棋の用語だ。株式の投機などでにわかに金持ちになってしまい、品格が伴っていない人を「成り金」という。これも、敵陣に入った「歩」の駒が急に「金」に成るところから来ているが、いちいち将棋盤をイメージする人は少ないだろう。「験担（げんかつ）ぎ」は、もともと仏教用語の「縁起」を花柳界あたりが「ギエン担ぎ」とシャレで逆さ言葉にし、「験」の文字がうまく当てられたのだという。

　私の嫌いな言葉ではあるが、「やばい」も本来は堅気が使うものではなかったらしい。「電気料金やばい」「大谷翔平、やばいよね」などと日常的に聞こえてくる。以前書いたかもしれないが、語源は諸説あって「いやあぶなし（彌危なし）」「厄場（やば）（牢（ろう）屋番）が来る」「厄場（監獄）行きだぞ」というような反社会的なかいわいの言葉であったそうだが、今ではグルメの感想でこれを叫ぶアイドルタレントまでいることには驚く。「言葉は生き物だから」という訳知りの言い草に、いちいち腹も立たなくなった。しかし、生き物も進化ならいいが、退化させる一方のような気もしてしまうのだ。

　政界も「やばい」。反社的な駄目議員が多数いる現状では、さもありなん、か。そう言えば「駄目」も囲碁用語だった。

２０２４年５月７日執筆

「忘れ物注意」のアナウンス　早口でうるさいだけだ

東京と関西の往復をする時、あまり飛行機を使わない。羽田から伊丹まで1時間程度とはいえ、自宅から空港への移動、空港から仕事先への移動、搭乗手続き、保安検査場の通過などのために早めに到着しておく必要性、天候による遅延や欠航のリスクなどを含めると、3時間ほどみておく必要がある。一方、新幹線の場合はそれらの手間が省けるため、こちらのストレスは小さい。そして全体でかかるのも3時間半ほどだから、飛行機とそんなに差はない。さらに新幹線の車内では原稿を書いたり、あるいは仮眠を取ったりすることもできる。東京―大阪間の飛行機では、それをする時間的余裕がなく、またスペース的に窮屈でもある。

そんな新幹線のメリットを挙げたものの、執筆や安眠を阻んでくるのが騒音である。とは言っても、子どもの泣き声や携帯電話の通話などではなく、車内アナウンスのことである。「この列車はのぞみ◎号博多行きです」や「各停車駅の到着時刻は新横浜◎時◎分、名古屋駅◎時◎分……」などは、一応は確認したい人もいるであろうからよしとしても、「忘れ物をしないように」というような注意事項を、大音声で何度も何度も繰り返すのは不要ではないだろうか。

今回乗ったのぞみ号では、乗務員が甲高い声を発し、それはもうキンキンとうるさいことこの上なかった。そして、なぜか異様に早口だ。「本日、忘れ物が多くなっております。お手回り品にご注意を」という内容をまくし立てる。もう口が慣れているのだろう、毎回同じことを言っているのではないかと想像する。だいたい、忘れ物をしないようにと注意しても、それでも忘れられてしまうのが忘れ物というものだ。「騒音」を一つや二つ増やしたからといって防ぐのは難しいだろう。

つるつるつるつるっ……と、何の引っかかりも抑揚も間(ま)もないままに、ものすごいスピードでしゃべくるのだ。もう、まさにこれは言葉と音声と時間と労力の無駄遣いとしか思えない。聴く側にとってはうるさいだけの騒音で、ストレスでしかない。印象としては、「聴く人に理解してもらおう」より、「私は言うべきことをちゃんと言いました」という事実だけを置いていく感じだろうか。

車内での入れ歯の
お忘れ物が増えて
おります。

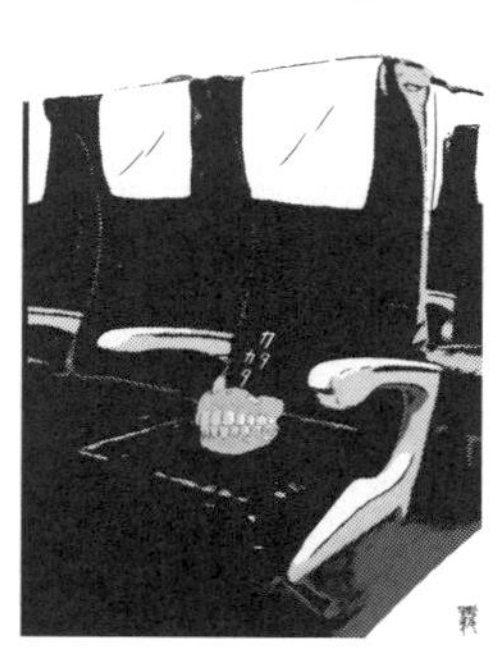

最近付け足されている英語による案内も、発音が稚拙なのにただ早口なので、英語圏からの乗客に伝わっているのか甚だ疑問だ。英語の発音などはネーティブの正確な感じが出せなくても、ゆっくり言いさえすれば意味は伝わる。私たちが、外国人の片言の日本語を理解できるのと同じだ。

しかし、発音が拙いのにただ早口では話が違う。

「本日、お忘れ物が大変多くなっております」というならば、統計を出せとは言わないけれども、現にいくつも忘れ物が手元に届いているはず。だが、その内容は一切言わない。もし何か届いていたら「7号車のトイレに乗車券のお忘れ物がございました。お心当たりの方は……」となるのではないか。なぜその一例を紹介しないのか。「3号車の座席ポケットに札束のお忘れ物が」「15号車のトイレに入れ歯のお忘れ物がございました」と言えば納得するのだが、それはない。

私の記憶では、40年ほど前から「最近車内での盗難が増えております」「車内でのお忘れ物が増えております」などと言っていたが、一度も減ったためしがない。つまり、新幹線は忘れ物と盗難が40年間ずっと増え続けていることになる。荷物棚から座席から背もたれのポケットから、忘れ物と盗難の嵐でなければならないはずだが、そんな様子はみられない。

国土交通省は2023年10月、新たに導入される鉄道車両に防犯カメラの設置を義務付ける鉄道運輸規程などの改正省令を施行した。新車両などに防犯カメラを導入した影響で、盗難は減ったのではないかと思うのだが、そういう案内のアナウンスはついぞ聞いたことがない。

2024年5月14日執筆

桂ざこばさん逝く　「兄弟船」を３回聞いた夜

大好きな桂ざこばさんが亡くなった。

暴れん坊のような印象がありながら、彼ほど愛嬌があって親しみやすい大先輩はなかなかいない。頻繁にお目にかかるわけではなかったけれども、私の中ではずっとそばにいたい人だった。

私が最初に所属した大阪の芸能事務所は、社長１人と社員１人という小さなところ。放っておいても仕事の発注が来るような事務所ではなく、頻繁に社長とあいさつ回りをしていた、というよりもさせられていた。ある時関西テレビへ行ったところ、ロビーで「大滝ちゃん（当時の社長の名）、何してんねんな」と声をかけてきたのが、ざこば（当時の桂朝丸）さんだった。旧知の仲らしい。「今こんなん売り込んでますねん」「へえ、ちょっと座ろ（お茶を飲もう）か」と、向かいの雑居ビルにある喫茶店に３人で入った。

「自分（君）、何がしたいねん」と、いきなり面接のような状態になった。「何でもやりたいです」「そんなんあかんで。ひとつに決めんと。言うといたるわ、自分、絶対売れへんわ」と、右も左も分からない私には途方に暮れるような宣告が下りてきた。「頑張ります……」と言うのが精いっぱいだった。

1年後、なぜか私はテレビとラジオのレギュラー番組を7、8本持っていた。たまたま毎日放送のトーク番組で朝丸さんとご一緒することになり、本番前にごあいさつをしたら、いきなり声を上げて泣き出された。「ごめんな、売れてもうたなあ。絶対売れへんなんか言うて、悪かった」と。私はただうろたえるばかりだったが、同時にこれほど誠実な人がいるのだろうかと驚いた。

私は敬愛する桂米朝（べいちょう）師匠の周辺に出入りさせてもらっていたので、酒席をご一緒することも多かった。1988年の春、翌朝に「ざこば襲名特集」が生放送でオンエアされる前夜、京都の祇園で米朝師匠とお弟子さん数人、番組プロデューサーらと少人数で飲んでいて、私も出演予定だったのでご一緒していた。ところが、あるエッセイストがなぜか米朝師匠に絡み始めた。瞬時の判断が素晴らしいと思ったのは、米朝師匠が隣にいる私に「キッチュ（松尾のこと）、かばん持ってくれるか」と小声で言うが早いか、「ほな明日、よろしく」と言い残し、スタスタとホテルまで早足で歩き始めた。私も慌ててついて行き、部屋に入るや師匠はうつぶせでベッドに寝転んだ。そこへ、大阪で仕事が終わり駆けつけた朝丸さん（名目上、「ざこば」は翌朝からになっていた）が「ちゃあちゃん（米朝師匠の愛称）、何寝てるねん。俺、仕事終わって今

着いたのに、自分らだけずるいがな！」と、まるで本当の父親に甘えるように「一軒だけでも飲みに行こうや」と誘った。

米朝師匠は「しんどいから寝るわ。キッチュ、相手したれ」。少し面倒な気もしたが、光栄な話だ。２人で祇園かいわいの、朝丸さんなじみのスナックを3軒、「はしご」することになった。

１軒目、ドアを開けた途端に「わあ、朝丸さん！」と歓声が上がり、当人は飲み物も頼んでいないのに、「兄弟船！」（鳥羽一郎）と、カラオケの注文をする。歌い終え、水割りに口をつけた程度で次のスナックへ。ドアを開け、また「兄弟船！」。一晩に3回も「兄弟船」を聞いたのは、後にも先にもこの時だけだ。

店を出ようとする時に「おあいそ！」とおっしゃるので、私が「朝丸さん、客がおあいそって言うものじゃないですよ」と軽くたしなめると、たいそう不機嫌になり「お前にそんなこと言われたないわい！」と怒鳴り、そのまま私は解放されたのだった。

翌朝、安井金比羅宮（やすいこんぴらぐう）境内からの生放送に臨むべく現場に入ると、ざこばさんがいた。前夜の非礼をわびると「何言うてんねんな、つきおうてくれておおきに！」と、どこまでも快活なのだった。

謹んで哀悼。

2024年6月18日執筆

握りずしの「手渡し」　職人に触れてしまうのはどうも…

好きな食べ物は？と尋ねられたら、「かそぎやす」と答える。いきなりそう言われると、相手は「京ことばかな」と戸惑うので、省略せずに「カレー、そば、ギョーザ、焼き鳥、すしです」と答えるようにしている。カレーの筆頭は揺るぎないが、後の4者は流動的である。

握りずしというものは、私が子どもの頃既にごちそうの類いだった。江戸時代に屋台で始まった頃は気軽なファストフードだったのだろうけれど、今どきは1回で家賃の半額ほどになる店も少なくない。若い頃は、その手の店にいきがって通ったこともあるが、今では1万円に届くか届かないかあたりで居心地のよさそうな店を探している。

先日、6000円台で「おまかせ」を食べられる店を初訪問した。飲み物代を足しても、いいあんばいの勘定になるだろう。この店では、すべての握りが手渡しで提供された。職人が握ったばかりのすしを客が素手で受け取り、そのまま口に運ぶスタイルだ。だが、事前にそれを知っていたら、行かなかったかもしれない。

握りずしの開祖とされる華屋与兵衛（はなやよへえ）がどうやっていたかは知らないし、庶民の気軽な食べ物

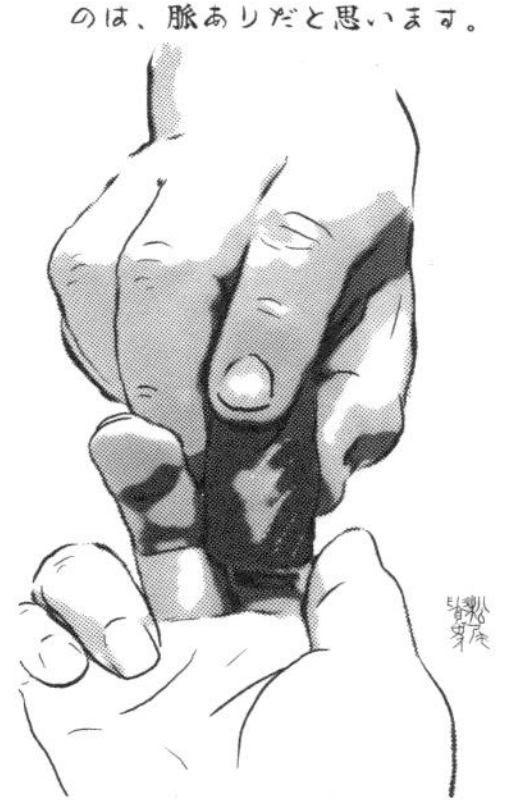

に正式な作法などなかろうとも思うけれど、最近、手渡しの店が急激に増えたことに、少なからず違和感を覚える。それも多くの場合、その同じ時間帯に予約した見知らぬ客たちと、同じものを同じタイミング、同じ順番で食べさせられるのだ。

最近、テレビや雑誌などで、こわもての大将が挑みかかるような形相ですしを差し出す光景を目にする。そんな表情をしなくてもいいではないかと思うが、それをひとつの「売り」にしている感もある。みじんも求められていない個性を、カウンターの客一人一人に見えを切りつつ発揮し、手渡しという儀式を進める。そして、頻繁に「撮影をどうぞ」と促すという。

新型コロナウイルス禍の時期には考えられなかった光景だ。客も店員もマスクをしているわけではない。いろいろな食材についてのうんちくやらエピソードを話しながら、つまりはそれだけ提供に時間がかかるわけだが、そうやってじらすことにより、なおさらすしをおいしく感じることだろう。

「手渡し」というセレモニーは、一見温かみがあるように感じるし、作りたてを食べているという意識も強まる。しかし、その握りずしという完成品を、一瞬でもいいから客観視したい、と思うのは私だけだろうか。「げた」や皿に一度置いてもらったほうが、どこか安心感がある。渡し方の訓練はしているのだろうけれど、受け取る客にもそれなりの技量がいる。せっかく絶妙の軽やかさで握ってくれたのに、形を崩してしまうことも多いだろう。

もうひとつ、私の気が進まない理由がある。手渡しする時に、こちらの手が職人の手に触れてしまうのだ。これはどうしても避けられない。うまくこちらの手のひらに乗せてくれているようで、客によっては手の安定感も角度も、受け取ろうとするタイミングもずれる。そうすると、手と手が触れてしまうのだ。

客は入店してそのまま席につき、軽くおしぼりで手を拭くだけで食事が始まる。そして、誰かの手に触れた職人の手で握られたすしを手で受け取り、口に運ぶ。軽く握られているので口に入り切る前に崩れかけることもあって、複数の指をなめるような格好になる。その手がまた、職人の手に触れ、その手で握られたすしが隣の知らない人に手渡される。職人は徹底して手を清潔にしてからにぎり始めるのだろうけれど、客の手はそうではない。ましてや、トイレにも持って入るであろうスマートフォンで頻繁に写真を撮りつつ食べる。私はどちらかというと潔癖ではないほうの人間だが、それでも強い抵抗感を覚えてしまうのだ。

２０２４年７月９日執筆

居心地悪い褒め言葉　神の安売りが「すぎる」

もう、自分からテレビをつけるようなことをしなくなって久しい。「ダブリンの鐘つきカビ人間」というミュージカルの大阪公演のため、7月の後半は大阪市内のホテルに滞在しているが、客室のテレビモニターは、主にネットフリックスで映画やドラマを見るだけの役割になっている。

受信の切り替えで、一瞬地上波の番組のかけらを見ることがあるが、その時に聞こえてきたのが、あるタレントが放った「これ、おいしすぎる！」の一言だった。すぎる、というのはどうしたことか。

おいしい物というのは、塩味、甘み、酸味、苦み、うまみ、香り、煮・炊き・蒸し・焼きなどの加減が命だろう。それらの加減がちょうどいいあんばいだから「おいしい」のだ。「すぎる」というのは、程度が不適切という意味だから、「おいしすぎる」という言葉はパラドックスである。「利口ばか」「正直詐欺師」と同じような意味になってしまうではないか。

同じく、よく使われるようになってしまった言葉に、「やばすぎる」がある。以前も書いたが、「やばい」はやくざ者の符丁（合言葉）のようなもので、「危ない」という意味だ。「やばい」という段階で程度をすぎているのだから、「やばすぎる」は心地が悪い。とても危険、という意味で使っているのだろうけれども、私は生理的に受けつけない。

最近、直接言われてずいぶん驚かされたことがあった。「神すぎる」とは何か。神の存在にたとえる風潮は理解できるけれども、「神」という代え難い存在（するならば、だが）をそれほどカジュアルに使うことに抵抗感はないのだろうか。ほんの小さな親切を、こんなふうに評価されたのだ。これは相手の人柄を分かっていなければ、単に皮肉だと思われても仕方ないだろう。

くしゃみをした人などへ日常的に「God bless you.」（お大事に）と投げかけ、「God bless you too.」（あなたもね）と返すように、海外にもカジュアルに使われる「神」はあるけれど、これはクリスチャン同士の作法として定着しているもののようで、宗教的意識の「低すぎる」日本人が使う「神すぎる」のように、取って付けた感じはしない。

神にたとえられて、おまけに「すぎる」のである。神がすぎるのだ。神にも程があるよ、ということだ。神とは、何かの程度を表すものなのか。

美人すぎるのも
いいかげんになさい！

最近は、物事についての対処の優れたことを「神対応」と褒めたたえる人もいる。こんな言葉は、神に対応してもらった人のみ、使うことが許されるのではないか。単にマニュアルにない親切をしただけでこんなにも評価されてしまうのは、逆に居心地が悪いだけだろう。

テレビやラジオのレギュラー番組でその出来栄えが秀逸だった時、「あれは神回だったね」などと言われることがある。褒め言葉のバリエーションの一つとして不自然ではないかもしれないが、そう評価される時のほとんどが、すこぶる狭い視野でマニアックな見方をした人が、自分の目の付けどころやセンスを自慢したい時に使っている。日本には八百万（やおよろず）の神がいるとされるが、あまりに神の安売りが「すぎる」。

そもそも、「すぎる」に違和感を持ったきっかけは、何年前だっただろうか、青森県八戸市の女性市議が「美人すぎる市議」と注目を集めたことだった。それ以降、雨後のタケノコのように「美人すぎる○○」が現れては消え、現れては消え、となった。大阪府寝屋川市では美人すぎる市議ともてはやされた女性が、後に詐欺容疑で逮捕されるという事件もあった。美人かどうかと、市議としての実力や働き具合といった本質的な部分は関係ないと思うのだが、「美人すぎる」といった付加価値（？）だけが過大評価されるのが当たり前になっていて、むなしい。

2024年7月23日執筆

血栓で手術　ワクチンと関係？　解明を望む

今、入院先の病室でこの原稿を書いている。

2021年のことだ。「肺塞栓症」というそれまで聞いたこともなかったような病気にかかった。相当重い症状だったので、どうにもたまらず専門医の診察を受けた。少しずつ体力が落ちている感じはあったけれども、加齢や過労のせいだと思っていた。生活習慣の影響もあるだろうという認識だったし、今でもその要因はあったと思っている。その年の9月末には舞台「鷗外の怪談」の稽古が始まり、10月に入ってからの稽古は息苦しいのをこらえながらの毎日だった。

10月半ば。稽古場に向かうべく自宅を出て駅に向かって歩き始めたところ、緩い傾斜の坂道で前へ進めなくなり、うずくまってしまった。携帯電話で当時のマネジャーに電話をかけ、その日の稽古を休ませてもらうように頼んだ。

1日寝ていれば治るだろうと休んでいたら、翌日には普通に歩けるほどにまで回復したので稽古に参加した。11月上旬、埼玉県の富士見市民文化会館で舞台の本番が幕を開け、きついと感じながらも、東京芸術劇場シアターウエストでのひと月ほどの東京公演を乗り切った。舞台の袖に引っ込んで衣装を着替える時には、私の様子を見かねた衣装進行のスタッフが酸素ボンベを用意し口に当てがってくれた。そんなお世話を受けながら、12月上旬の東京千秋楽まで何とか乗り切った。自分が座長を務めていた舞台を除き、客演として主役をいただいたのは初めてだったので、なんとか頑張れたのだろう。

その後、また地方公演が迫っていたので、すぐに人間ドックに行った。「循環器系の専門医を受診してください」と強く勧められ、さる名医を紹介された。すると、肺と心臓の間にある血管に複数箇所の血栓ができているという。

さらに、「緊急入院してＩＣＵ（集中治療室）で治療を受けていただきます」。私が「明日長野に移動して、明後日に舞台の本番があるのです」と答えると、強い口調で「死にますよ」と言われて断念。その後に続く長野と滋賀の公演が中止、山形の公演はひと月延期になった。予約してくださっていたお客さんと関係者に多大な迷惑をおかけしてしまった。

翌22年。年明けから別の地方公演が詰まっていたので、とにかく早く治さねばという一心だった。入院と名医による治療が功を奏し、２週間ほどで驚くほどに回復、残りの地方公演をこなすことができた。巡り合わせで大千秋楽と

なった山形市の東ソーアリーナでは、何度だったか覚えきれないほど多くのカーテンコールをいただき、舞台上で涙があふれた。

今回の入院は、血栓がまだ完全に取れておらず、投薬だけでは限界があるためだ。カテーテルで血管を物理的に広げる手術が必要となる。本日(8月6日)、手術のため早起きをして、カテーテル室へ向かう直前に本稿を書いているので結果はまだ記せない。

前日、今回の入院についてインスタグラムに投稿したら、何人かの方たちからコメントをいただいた。それに対する返信の中で、肺塞栓症とは新型コロナウイルスワクチンを2度打ってからの長い付き合いだと書いたら、ネットニュースで取り上げられ広まってしまった。この病気にかかった原因はまだ分からないが、それまで経験のなかったことが起き、体に関係するいつもと違うことというのは時期的にワクチン接種しかなかった。もちろん、因果関係は不明だが、実際、後遺症を訴えておられる方もいる。私も体感的には両者が関係しているのではないかという疑念が残る。公的機関などによる因果関係の立証や解明、あるいは反証を強く望みたい。

なお私、いたって元気ですので、ご安心ください。

2024年8月6日執筆

久しぶりに「哲学」　目を背けてきたものを見る

新聞になかなか載りにくいであろうタイトルだが、実に大事なことを訴えている作品なので遠慮なく書かせていただく。「うんこと死体の復権」（関野吉晴監督）というドキュメンタリー映画である。ここに含まれる二つの物の名前は、どちらも公の場で口にすると眉をひそめられ、あるいは聞かなかったことにされがちだ。それを並べて作品名にしたのは、よほどの確固たる意識が働いているとしか思えなかったので見ることにした。

正直なところ、話のタネにしてやろうという職業的な動機も少なからずあった。結論から言えば、本当に見てよかった。また、いろいろと考えさせられ、大げさに言えば久しぶりに「哲学」するようにもなった。

私などが言うべきではないかもしれないが、哲学とは未知の事柄について先鋭的な研究をすることではなく、「既に私たちがよく知っている事柄」についての疑問を取り上げたり、どうあるべきかを考えたりすることだと思う。そのためには、全人類が毎日触れている現象、すなわち「排せつ」はまことに哲学的な題材ではないだろうか。

哲学中。

あらゆる人々が日常に体験しているものを、私たちはなぜにこうまで忌み嫌うようになってしまったのだろう。都会に住んでいるとなおさらだけれども、自ら放り出したものを、大して時間もかけずに水で流し、見えないところへ押しやってしまう。家庭によっては、排便を済ませて立ち上がり、着衣を整えて振り返れば、既に水しか存在しない設備が整っている。

さて、その物は下水管を通って処理場に流され、圧縮され、燃やされてしまう。本来であれば、虫などの生物に食べられ、彼らの栄養となり、あるいはバクテリアに分解され、土の養分となって植物を育ててくれるようになる。植物の種子は鳥などにのみ込まれ、動けない植物の代わりに遠くへ運ばれ、そこにまた排出され、離れた環境下でまた繁殖し、酸素が生み出されていくのだ。しかし現状では、燃やされてしまい、単に二酸化炭素が放出されるだけになってしまう。こんなにもったいないことがあるだろうか。「うんこの復権」とは、それを指しているのである。

もうひとつのアイテム、「死体」についてはどうだろう。やはりこちらも高温で焼き尽くされ、灰となり、骨だけにされてしまう。衛生的な課題があるので致し方ない部分があるのだろうけれども、一人の人間が必死で生きてきたにもかかわらず、そこにある養分は一切生かされ

ず、骨と二酸化炭素に化けてしまうというのはあまりにもむなしいではないか。おまけに最近では、火葬のビジネスに外資が食い込んで不健全な構造になっているという話もまことしやかに伝わってきている。

映画では、マウスなどの死体を野山のいろいろな環境において経過を観察し、研究を続ける人たちが出てくる。昔は死ぬことを「土に還る」と言ったが、自然の循環にとって無駄のないシステムなのだろう。

「死」が例外なく誰にも訪れることであるわりに、私たちにとってその現象は遠いものになってしまった。昔は「畳の上で死ねる」がまともな人生の象徴だったが、今ではほとんどが病院で死を迎える。今では畳の上で死なれると、変死扱いで関係者は警察の取り調べを受けることになってしまう。

イタリアに移住した知人が役所に行ったら、かつて在籍した役人のミイラが飾られていて驚いたという。私たちの感覚よりも死を身近に感じている表れなのかもしれない。

「うんこと死体の復権」は、全国40館以上（２０２４年10月15日現在）で上映されるそうなので、興味を持たれた方はぜひどうぞ。

２０２４年８月20日執筆

古谷経衡×松尾貴史

Furuya Tsunehira　Matsuo Takashi

「違和感」対談

それぞれの「違和感」

松尾　僕は我慢したり、努力したりするのが大嫌い。ちょっとした「違和感」がものすごくストレスになるので、多くの人の目に触れるところに書くことで、捌け口にしているのかもしれません。気付いたことは言いたい、不思議に思ったことは「これ、なんですか？」と問いたい。5歳児のような感じがこの歳までずっと続いているような人間です。

古谷　今回の対談のお話をいただいてから、違和感ってなんだろうと、ずっと考えていたんです。違和感を覚えるのは、理屈ではなく動物的な感覚だと思うんですよ。

松尾　そうですね、うん。

古谷　初対面でも「この人なんか変だな」と感じることはないですか？　僕の場合、そういうふうに思った人のうち、4人ぐらいが逮捕されています。その感覚がなんだったのかを考えると、すごく些細なことなんです。例えば、ある方は最初にお会いした時にいただいた名刺でした。表には名前だけが書いてあって、「裏を見てね」と添えられていた。連絡先は裏に書いてあるのかなと思ったら、裏をめくると「仲良くなったら教えるね」って。

松尾　ちょっとおかしいです。

古谷　お会いした際は、その人、「時の人」として絶頂期だったんです。おちゃらけた名刺も悪くはないのですが、裏に電話番号ぐらいは書いてもいいはずでしょ。その時に僕、直感的にこの人は絶対やばいと思いました。そしたら、その約5年後に逮捕されました。失脚する人って、ある一時点で下手を打つというよりは、その前段階の細かいところから、違和感がにじみ出ていると思うんです。

松尾　面白いなあ。

古谷　やっぱり、神は細部に宿りますよね。最初におかしいと思った人は、絶対、後にまずいことになっている。僕はそれを違和感として捉えています。たいていの場合は、「あの時のあれは……」という、後からの答え合わせになるんですけれどね。

松尾　確かに、後から考えると、そもそも変だったっていうことってありますね。あの人そういう人だったんだねって。

古谷　僕は今お話ししたような小さな違和感が映像として頭に残っていて、それを引きずってしまいます。今年（2024年）5月に石破茂（いしばしげる）氏とちょっと飲んだ時に彼のスマホを見たら、画面がバキバキに割れていました。その時「あ、やばいなこの人」と思いました。だって手に刺さるじゃないですか。

松尾　そうでしょうね。女子高生かよ、みたいな。

古谷　石破さんのことは僕、好きだから、その直感が当たらないといいんですけれどね。今はスマホ、直っていればいいな。

松尾　「普通はこうだろう」と思うこととの差異を見つけて生理的にざわついた時に、違和感を覚えるんでしょうね。一方で、本当に普通がいいことなのかどうかっていう疑問も出てくる。普通じゃないことに対して引っかかりを感じるのはいい。その違和を、何かを考えたり、掘り下げたりするきっかけにできるといいなと思いますね。

古谷　普通って、時代によって、人によって変わるものですもんね。でも僕は、やっぱり「普通」はあると思います。言い換えればある種の常識。例えばゆで卵にケチャップをかけるのが普通か、マヨネーズをかけるのが普通かといったことではなく、最低限、人が「普通に」守るべき民主主義的意識とか人権感覚とかいう意味での話です。僕は政治信条的には保守ですが、保守ってある種の常識というか、コモンセンスだと思うんです。

松尾　他者が不快に思うようなことをしないという、世の中の大前提という意味ですね。

古谷　はい。それは、中世ヨーロッパだって江戸時代の日本だって、そんなに変わらない。中世だって人を殺したら捕まります。『旧約聖書』の時代から「殺すな」「犯すな」「盗むな」などと言われてきたわけだし。ＳＮＳの誹謗中傷で人が亡くなるまで追い詰めるのは、常識、道徳の欠如であって、それは紀元前から変わらずダメ。そういう常識の欠落がさらに進んでいくと、汚職とかヘイトとか、そんなふうになっていくんじゃないかなと思うんですよね。

そもそも「保守」って？

松尾　そもそも「保守」ってなんですかね。

古谷　自民党総裁選で石破さんと争った高市早苗氏みたいな人のことを新聞などでは「保守派」だとか「保守派の受け皿になっている」と表しますが、僕に言わせれば彼女は「保守もどき」です。もともと保守って、フランス革命の時代から出てきた存在。革命を推し進めるのが革新で、その反対が保守。つまり革新あっての存在なわけですね。人間は善な部分もある一方で、間違ったこともいっぱいするし、それが犯罪につながることもある。そして進歩もしたがる生き物です。原発などはまさにそうだと思いますが、「人間の科学力は絶対であり、自然をも操れる」みたいな流れに対し、人間の理性や理知は本当に正しいのかと疑ってみるのが本来の保守の姿勢。保守とは政治思想というよりも、人生観や生き方に関する姿勢です。

松尾　原発はちょっと事故があれば、手も足も出ない状態になりますからね。

古谷　そうなんですよ。原発の事故なんか大したことないなんて言う人も少なくないですが、そういう人間万能、ある種の科学信仰を支持するのが本来の革新です。そこで「いや、ちょっと待てよ」と。西洋近代科学なんて、しょせん人間がここ200年ぐらいで築いてきたものにすぎないわけです。それに比べて人類の文明は1万年ぐらい前から続いている。先祖たちが、直感とか、それこそ違和感の中で育ててきた常識、そちらに重きを置いたほうが、進歩するにせよいいじゃないかと。

松尾　そうですよね。

古谷　括弧付きの「保守」の人たちは、憲法改正したら日本が直ちに良くなるんだと言っていますが、それは本来は革新の考えですよね。法律を変えたとしても革命の翌日みたいにすべてがひっくり返るなんてことは絶対にない。

松尾　保守ってつまり、今あるものを守りましょうという立場なわけでしょ。なのに憲法を改正するというのは、結局権力を持った側がオペレーションしやすいように、ハードルを下げようっていう話。保守を名乗っている自民や、立憲でも保守派と言われるような人たちは、変えたがるわけですよね。

古谷　単にワンイシューに対して反対する人たちになってしまっているんですよね。保守とは関係がありません。

「美しい国」は戦時中の日本!?

松尾　「保守」と名乗る方には、選択的夫婦別姓に反対する人も多いですよね。

古谷　非常に多いです。

松尾　夫婦同姓を主張している保守の人たちが言うところの伝統って明治時代、つまり近代からのことを指していますよね。でもそれより前は、もっとずっとおおらかだった。昔は夫婦別姓だったはずなのに。

古谷　たしかに江戸時代は夫婦同姓の決まりはありません。墓碑銘にも夫婦別姓が多くみられます。

松尾　夫婦同姓になったのは明治以降じゃないですか。日本の伝統だと言うならば、別姓のほうが伝統と言えるんじゃないですか。

古谷　本当にそう思います。彼らは１８６８年の明治維新より前の時代に関しては無知。彼らが語る理想の国家、美しい国――たぶん安倍晋三元首相もそうだったと思うんですが――というのは、おおかた戦時中の日本なんですよ。故渡部昇一氏をはじめ、少し前の保守会派の重鎮たちは、ちょうどその頃、子ども時代を送っていました。その時の体験を「三つ子の魂百まで」のごとく、戦後もずっと引きずっていた。

松尾　戦争の悲惨さを成長期に身をもって体験した人たちは、戦争反対になると思うんだけれど。

古谷　ええ、宮澤喜一氏みたいな方向ですね。でも渡部さんってもう少し歳が下。戦時中は小・中学生（少国民）でした。

松尾　予科練に憧れる感じか。

古谷　戦地に行っているわけではないし、しかも渡部さんは山形の人なので空襲にも遭っていない。

松尾　そうか、それで言うと大橋巨泉さん、永六輔さんは街中の人ですもんね。野坂昭如さんだって、すごい悲惨な体験をして、そこから『火垂るの墓』みたいなものが生まれた。やっぱり都会にいた人たちのほうが戦争の悲惨さを実感した割合が高いんですかね。

古谷　渡部さんは山形の鶴岡出身でそれほど空襲被害に遭っていない一方、自我ができ始めた時に軍国主義教育を受けているので、フラットに復古的なことを言っちゃうんですよ。彼らの根っこに当時の軍国主義がある。

松尾　井上ひさしさんも山形だけど、そうすると彼は都会的な感覚をお持ちだったんでしょうね。

古谷　もちろん一概に山形といっても被害には差があるし、親族が出征したとか、そういう個別の違いはあるでしょう。自伝的エッセイ『うしろの正面だあれ』をお書きになった海老名香葉子（えびなかよこ）先生みたいに、一家全滅の危機に瀕した方もいれば、家族みんな無事だった人もいる。その「無事なほう」で、かつ少国民だった人が、戦後の保守の論客になっていくイメージがあります。

松尾　すごく説得力があるな。古谷さんのお話を聞いて今、初めて気付きました。

古谷　10年ぐらい前には僕もそういう界隈にいたので（笑）。

真の「愛国」とは

松尾　保守と軍国主義の重なり具合っていうのはどうなんですか。

古谷　近代国家の形成に遅れたドイツ、日本、ロシアなどは十分な民主主義の発展がないまま、国家主導の社会形成がなされました。つまり上からの近代化です。国家権力と結び付きやすいのは、革命を標榜する革新ではなく、既存の勢力を支持基盤とする政治的な保守派です。国家を発展させることは自分たちの幸福と同じであると考え、国家体制を強化することを是とする傾向があります。だから保守と軍国主義はそもそも結び付きやすいんじゃないでしょうか。

松尾　そもそも「国」というものの定義もすごく難しいじゃないですか。国土を失っている国もあるし。そう考えると国土や統治機構以上に、国民が一番大きい要素ですよね。民がいなかったら国は存在しないんですから。国民が一番のはずなのに、国民が国のために戦って命を投げ出すことについてはどう捉えればいいのかな……。

古谷 僕は国家なんて所詮、幻想だと思っています。だって今は「国」って漢字で書きますが、古墳時代まで遡ると歴史学では片仮名で「クニ」。その頃は領土なんて概念もないし、国境線もない。ぼんやりと「この辺がうちの領域」みたいな感じだったのが、近世以降になって国家ってものが出てくるわけです。

松尾 「お国に帰る」ぐらいの感じのニュアンスですよね。

古谷 そうです。松尾さんがおっしゃったように、日本だったら「あなた何人(なにじん)ですか?」と聞くと、「武蔵国のどこそこ荘の何村の何兵衛」になる。それが近代になると、「私は日本人です」とか「私はドイツ人です」とか答えるようになる。例えば、近代以前では戦争はあくまでも王侯貴族同士の戦いだった。だから、自分の村が焼かれたならともかく、遠くの村が焼かれても、民にとっては「関係ないっす」って感じです。でも近代国家になると「自分」イコール「政府」イコール「国」となる。国民国家の誕生です。だから国民として国家と一緒になって戦う。僕はそんな近代よりも、それ以前の世界が好きです。なぜかというと自由だから。でも近代化してない国ってめちゃくちゃ戦争には弱いんですけれどね。

松尾　なるほど。でも、生物としては近代化以前のほうが優れているように思います。

古谷　僕もそう思います。自分の命のほうが国よりも大事なんですから。

松尾　それがある意味正解ですよね。

古谷　国家への帰属意識も夫婦同姓も家父長制も全部近代の産物。そうした考え方がもう通用しなくなってきて、プレ（前）近代に戻ろうという機運が「多様性」とか「ポストモダン」という言葉に表れているような気がしています。僕もそうだけれど現代の若者が「戦争になったら逃げます」って答えると、ネット右翼の人たちが「反日」とか「非国民」って言う。でも、逃げるって言うほうが普通じゃんって思います。

松尾　僕もそう思います。長い間、安倍さんがずっと実権を握っていて、ある種、寡占状態だったそうですね。その間、安倍さんやその一派の人たちこそが一番反日だったと思います。でも安倍さんに反論を唱えると、反日呼ばわりされましたけれどね、僕。

古谷　僕もです。この対談もかも（笑）。

松尾　僕は国のためにこうしたほうがいいって本気で思っている、つまり愛国心が強いからそれを主張しているだけなのに、「反日」というレッテルを貼ろうとするのは、腸捻転みたいでものすごく気持ち悪いんです。

古谷　強烈な違和感ですね。国を愛しているからこそ、政府が間違った時にＮＯと言うのが本当の愛国者なのに。

松尾　まだＸがツイッターだった頃に、感謝の気持ちを表現するのに「多謝」って書いたことがあったんです。そしたらなんで中国語を使うんだ、やっぱりお前は「反日」だって言ってくる奴がいて。中国から来た言葉は一切使わないというなら、漢字も使えない。漢字から作られた片仮名も使えないし、平仮名だって漢字を崩してるんだからねえ。

古谷　むちゃくちゃですね。今どき、ラーメン屋さんとか居酒屋さんでも、看板に「多謝」くらい書いてますよ。

松尾　結局、他者を反日だとか言って短絡的に攻撃する人たちの多くが無知ですよね。

古谷　無知で幼稚ですよ。日本はなまじ製造業が盛んだったから、そのプロダクトの背景に国籍を見ちゃうし。

松尾　トランプがかぶっている赤い帽子、あれは中国製だったそうで、笑っちゃいました。

古谷　少し前からいろんなコンテンツをイケメンやアイドル風の女の子のキャラクターで表現する擬人化が流行っています。それはそれで分かりやすいし、面白いからエンタメの手段としてはいいと思うんです。でも国家というものを捉えるのには適していない。国家とは概念であって、そこにはいろんな構成員がいる。だから、例えば、中国イコールひとつの人格とはくくれない。擬人化してキャラにすれば、善悪の色もつけやすくなるし、世の中を単純化して理解できた気になるんですけれど、それはただ、勉強してない無知な人。超違和感です。常識的な人だったら、安易に世の中のことを断定できないと思うんですけれどね。

強者が叫ぶ自己責任論

松尾　橋下徹（はしもととおる）氏が大阪府知事だった時に、

高校生たちと討論したことがありました。その時、女子高生から政治の問題を指摘されて彼は「じゃあ、あなたが政治家になってそういう活動をやってください」と言い放った。悪しき文化だと思います。

古谷　自己責任論につながる考え方ですね。僕も若い時に、いろんなことを発言すると「古谷くんが政治家になればいいじゃん」って言われました。そういう問題じゃないんですよ。それは強者の理屈。そもそも選挙の供託金は高いし、立候補したところで当選するかどうかは別の話。政治家の部分を「金持ち」に置き換えたら、「あんたが努力して金持ちになればいいじゃない」って生活保護の人に言ってるのと同じようなもの。そういうことを言う人って既に強者なんですよ。

松尾　国民民主党の玉木雄一郎（たまきゆういちろう）氏が以前、ツイッター（当時）に「今日は、こども食堂で一緒にカレーを食べました」とか上げていたんです。なんという……と思いました。野党だとはいえ政治家として、こういう支援を民間に頼らねばならないこと自体を国の恥だとなぜ思わないんだろうかと。しかも子どもの上前をはねて、一食分食べてるわけですよ。

古谷　東大卒で官僚から代議士のエリートコースですからね、彼も。

松尾　ひもじい思いをしたことのない人の発想なんだろうと思います。

古谷　医師や弁護士、司法書士などのいわゆる士業、管理職や公務員の中でもちょっと上の地位の人たち、つまり自信があって、この社会をサバイブしてきたっていう自負がある人たち——維新の支持層に重なるところがあるんですが——は、生活保護とかに非常に厳しいし、すぐに不正受給だろう、全部外国人なんだろうとか言い出す。

松尾　不正受給の割合なんて微々たるものなのにね。それで人気を稼いでいるのがおそらく高市氏や片山さつき氏なんかだと思うんだけれど、なんでそんな鬼のようなことが平気でできるんだろうと思います。

古谷　強者だからですよね。そういうことを言うネット右翼の人も多く見てきましたけれど、びっくりするぐらいお金に余裕があります。そういう人の多くが自己責任論を説く安倍氏や高市氏、片山氏を好きな構図は実に分かりやすい。

松尾　ＩＱや学歴の問題ではなくて、想像力の問題ですよ。何不自由なく育ってきたとしても、例えば自分の愛する仲間が辛い思いをしていたら、我がことのように共感する。そういう想像力があれば、病的なまでの自己責任論者になってないと思うんですけどね。

古谷　由々しき事態ですよね。僕は体感としてネット右翼の人たちの中にとくに自己責任論者が多いように感じているんですが、やっぱり貧困の中で頑張ったっていう人は絶対的に少ない。ネット右翼の人たちには実家が太い人もすごく多いです。

松尾　田中角栄みたいな人がいないんですね。僕、小学校の時に学校帰りに夕刊を配るアルバイトをやっていたことがあるんです。半年経つか経たないかくらいの時、神戸の大丸の前で田中角栄さんが演説をしていたところに通りかかったんです。そしたら「少年、少年」って呼びかけられて、どんどん近づいてきて「頑張れよ！」って握手をしてくれて、ものすごく嬉しかった。でもその光景を見ていた同級生の女の子が担任の先生に「松尾くんがアルバイトしている」って告げ口したんです。それでアルバイトを辞めさせられました。理不尽だと思いました。総理大臣が頑張れって言ってくれてんのに、学校の先生がダメって言うんだって。角栄さんに対してはいまだにその時の印象があるんです。今の政治家は演説していても、小さき者にも目を向ける感じ。お使いをしている子どもを相手にすることってないんじゃないかな。

古谷　有権者じゃないですから。

松尾　そうでしょ。

古谷　有権者かどうかではなく、一人の同じ社会に生きる者として「頑張れよ」と声を掛けられる。本当にいい話ですね。

松尾　ええ、いい経験でした。

古谷　僕は今でこそこんなことを言っていますが、高校1年、2年生ぐらいまでは完全に自己責任論者でした。そこそこ勉強ができたもんだから、成績が悪いのは努力が足りないからだと思っていたんですが、高1の時にパニック障害になりまして。幸い今はよくなっていますが、当たり前だったことができなくなって初めて、分かったことがありました。

松尾　努力が足りないわけじゃなくてもでき

ないことがあるということに？

古谷　ええ、努力していても突然何もできなくなることがある。そういうのって変な話、運でもあるかもしれないし。

松尾　「親ガチャ」なんて言葉も流行りましたね。

古谷　親ガチャも結局は運みたいなもんですよね。今成功している人っていうのは、確かに努力の結果なのかもしれないけれども、それも含めて運の要素がある。仮に自分が今、ある程度幸せな状況にあるのであれば、まずは運が良かったことに感謝しないといけないと僕は思っています。そしてそれを多少なりとも還元するのが使命だとも思います。キリスト教圏におけるノブレス・オブリージュ的な考えですね。

日本の「劣化」とコスパ・タイパ至上主義

松尾　今年の都知事選の状況を見ていても、ひと言で片付けるのは安易だとは思いつつ、「劣化」としか言いようがないと思っています。制度や社会全体が金属疲労を起こして、ついにポキッときてしまった感じ。日本って宗教があってないようなもんですが、その日本人が有してきた宗教性はなんだろうと考えると、世間体なんですよね。日本人はここずっと、世間が一番大事で、そこに恥じないように生きてきた。でも世の中は変わり、世間との接点をあまり持たずに成長してきた子どもたちが、今、分別盛りの歳になっている。そして彼らが立候補すると、これぐらいの行儀の悪さは大丈夫だろうとか、これまで誰もやってこなかったいいアイディアだと思って奇行に走ったり、掟破りみたいなことをやったりして、承認欲求を満たしているのかなと思います。もちろん、昔も青森出身の羽柴誠三秀吉みたいなおっちゃんはいたけれど。

古谷　過日、亡くなってしまいましたね。

松尾　他にもちょいちょい変な人はいましたが、彼らも人生を背負っている感があったんです。でも今は耳目を集めて、何を次に狙っているんだろうみたいな人たちばっかりになっちゃった。

古谷　バズらせたいそうですよ。バズり至上主義です。

松尾　歪んだ自己承認欲求ですね。

古谷　宗教と道徳性って、違和感という文脈の中ですごく重要だと思います。現代ではキリスト教圏でも無宗教の人はいますが、やっぱり神に救済されるかどうかは重要で、これをやったら神に罰せられる、と考えるところがある。選挙ポスター枠の権利を売ってはダメとは法律には書かれていないからオッケーではなくて、そんなことをしたら不道徳で天国に行けないという気持ちがあれば、非常識な行動を押し止めるんじゃないかなと思うんです。日本人には神に代わって「世間様が見ている」という感覚があった。でも、今や共同体も崩壊しつつあって、その結果、世間様もなくなりつつある。現在は非正規が4割の時代です。会社組織に属さず、数年ごとに拠点が変わるのは、一見、楽な生き方にも思えるかもしれないけれど、それは自分の居場所が無いということでもある。そして世間体もない、信仰する神もいない社会に残されるのは、損得という価値観だけ。つまりなんでも

古谷経衡×松尾貴史「違和感」対談

コスパ、タイパで考える世の中になったら、当然生産性が善悪の基準という声も上がるようになってしまいます。

松尾　今のお話を聞いていて、劣化の遠因は竹中平蔵氏にあると思いました。

古谷　（笑）。可能性は大ですね。世間様という道徳がなくなった社会って、強者だけが生き残る究極の弱肉強食社会ですよ。

松尾　まさにディストピアですね。

古谷　比較的若い世代にもてはやされている――おじさんも見てますけれど――、ひろゆきとかホリエモンのような冷笑系の人たちは、典型的にこの考え方をしていますよね。法律に違反してなかったら何をやってもいいじゃないかという。ちょうど彼らを支持している世代が、世間様がなくなった超氷河期世代と、そのちょっと後ぐらいだと思います。石丸伸二氏もその世代にあたりますね。実は彼、私と同い年です。

松尾　都知事選の時の石丸氏のPRや映像の処理なんかが洗練されすぎていて、これは巨大なところがお手伝いしたなって感じました。

古谷　そういう報道がありましたね。僕は彼の本を一応読みましたが、終始一貫しているのがコスパの主張でした。

松尾　僕はその合理性こそが非合理だと思うんです。合理性に欠けると思っていても、時を超えて町の文化が存続したり、あるいは国の魅力になったりするものはたくさんある。見返りがすぐには出ない支出になるかもしれないけれど、そこに公金を投入するというのが本来の政治家の役目でしょ。ＧＤＰとか給料は数値化できても、人間ってもんはそもそも数値化できない。自分の子どもや奥さん、旦那さんを数値化して、その数値が低かったら切るのかって話。そうじゃないのが人間じゃないですか。

社会には「路肩」が必要

古谷　みんな今、映画なんかも倍速で見る。1日24時間しかないから、分からないわけではないんですが、僕は映画でも演劇でも落語でも、カルチャーというものは、「路肩」だと思っているんです。高速道路の路肩って、なくてもいいもののような気がするけれど、緊急事態が起きた時は待避できる大切な場所。路肩が広ければ広いほど、植物を植えたり、犬が散歩できたり、自転車が通れたり、露店だって開くことができるかもしれない。路肩がない道路は、確かに目的地から出発地までストレートに行けるかもしれないけれど、機能的なだけでなんの発展性もない。僕は路肩があればあるほど、豊かな道路になっていくように思うんです。そしてその路肩こそが数値化できない文化なんじゃないかなって。それをなくすほうがいいって言うんだったら、それは、かつてのソ連が目指したような計画社会でしょっていう話。

松尾　予算を削る際に「古典芸能なんか見る奴は変態だ」とまで言われましたからね。

古谷　僕は三代目古今亭志ん朝師匠が大好きなんですよ。古典落語の内容なんてまったく生産性はないけれど。

松尾　ないですねー(笑)。でも古典落語には、ズルして稼ごうと思ったら失敗するって話が山ほど出てきます。だから落語を聴いていると、常識を知ることにはなるかも。

古谷　本当にそう思います。「火焔太鼓」なんか、無価値と思われていたガラクタが大金になる噺。無駄や無価値を貴び、合理を諫めるのが古典落語ですよね。僕は自分の子どもに落語教育をしています。志ん朝師匠の落語のCDをずっと聴かせているんです。まだ7歳なので意味は分からないと思いますが。

松尾　あと3年ぐらい経つと、分かるかもしれないですよ。神様仏様に対する畏れ、侍に対する怖れ、あと嫁さんに対する怖れね。そういういろんな「おそれ」が落語にはあるから、落語を聴いていたら選挙ポスターで裸になるなんてことは絶対しないと思う。

古谷　国数英理社に加えて、古典落語の教科書を作ったらいいんですよ。あんないい教材はないと思います。

古谷経衡（ふるや・つねひら）
1982年、札幌市生まれ。作家。一般社団法人令和政治社会問題研究所所長。立命館大学文学部卒業。ネット右翼、イデオロギー問題、政治・社会問題、映画・アニメなど幅広く執筆、評論を行う。著書に『シニア右翼—日本の中高年はなぜ右傾化するのか』(中央公論新社)、『敗軍の名将』(幻冬舎)、長編小説に『愛国商売』(小学館)など多数。

対談編集協力　橋本裕子
撮影　髙橋勝視

本書は、毎日新聞「松尾貴史のちょっと違和感」２０２３年４月９日～２０２４年９月８日掲載分に加筆修正の上、単行本化したものです。文中の肩書き等はとくに断り書きがない場合は連載当時のものをそのまま使用しています。

松尾貴史（まつお・たかし）

1960年、兵庫県生まれ。大阪芸術大学芸術学部デザイン学科卒業。俳優、タレント、ナレーター、コラムニスト、「折り顔」作家など、幅広い分野で活躍。東京・下北沢にあるカレー店「般若（パンニャ）」店主。「サンデー毎日似顔絵塾」塾長。著書に、『作品集「折り顔」』（古舘プロジェクト）、『人は違和感が9割』『違和感ワンダーランド』『ニッポンの違和感』『違和感のススメ』（以上、毎日新聞出版）、『東京くねくね』（東京新聞出版局）ほか。

違和感にもほどがある！

印刷　二〇二四年一一月一五日
発行　二〇二四年一一月三〇日

著者　松尾貴史

発行人　山本修司

発行所　毎日新聞出版
〒一〇二‐〇〇七四
東京都千代田区九段南一‐六‐一七
千代田会館五階
［営業本部］〇三（六二六五）六九四一
［図書編集部］〇三（六二六五）六七四五

印刷・製本　中央精版印刷

ISBN978-4-620-32818-8